司書子さんとタンテイさん

～木苺はわたしと犬のもの～

著　冬木洋子

マイナビ出版

Contents

目次

第一章

髪飾り神隠し事件

五月の朝。犬の散歩帰りの庭先で、オレンジ色に透きとおる宝石のような木苺(いちご)を、ひとつつまんで口に入れました。葉先をつたってこぼれた露(つゆ)が、朝日をあびて光ります。もう一度手を伸ばしてつまんだふたつめを、足元で尻尾を振って待っていた犬のスノーウィにあげました。

もうひとつ。今度はわたし。そしてまた、スノーウィにも、もうひとつ。スノーウィの白い毛並みに、朝露が一粒、落ちました。

祖母が生きていたころは、わたしと祖母とスノーウィ、ふたりと一匹で、こんなふうに木苺を分けあいました。去年の春に祖母が亡くなってからは、この小さな古い家に住むのは、わたしと老犬スノーウィだけ。実った木苺も、全部わたしと犬のもの。

わたしは、この家で、祖母に育てられました。小学校にあがる前に母を亡くした幼いわたしを、転勤や海外出張が多い仕事をしていた父は、自分の実家に預けたのです。だから、この家が、わたしの故郷。ひとり暮らしがさびしくないとは言わないけれど、祖母と暮らしたこの家を、離れる気はありません。わたしにはスノーウィがいるし、市立図書館の司書という一生の職もあります。そして、何より、この家にしみついた祖母との想い出が、いつだって、わたしとともにあるのです。

これからもずっとこのまま、祖母が遺したこの家で、大好きな祖母の想い出とともに、ひとり静かに暮らせたら……それがわたしの、ささやかな夢です。

祖母がいたころのままの家や庭で、祖母に教わったとおりに家事をしていると、今でも祖母が隣で一緒に手を動かしてくれているような気がするのです。わたしよりずっと器用に手先を働かす祖母の姿が見えるような、不器用なわたしに辛抱強く家事を教えてくれる祖母の言葉が聞こえるような……。

――いけない、祖母のことを思い出したら、つい、涙ぐみそうになってしまいました。もう二十八歳にもなるというのに……。

でも、お祖母ちゃん、わたし、あいかわらず泣き虫だけど、ちゃんとがんばって生きてます。これからは女だって手に職をつけて自立しなきゃねというお祖母ちゃんの教えどおり、ささやかながら自力で暮らしをたてているし、お祖母ちゃんの糠床（ぬかどこ）も、万難を排して死守しています。大好きなお祖母ちゃん。天国から、わたしとスノーウィを見守っていてね――。

　そんなことを考えて、涙がこぼれないように五月の空を見上げたら、眩（まぶ）しい朝日が目にしみました。

　そのとき、ふいに、すっとんきょうな大声で呼びかけられました。

「あれぇっ⁉　シショコさんっ⁉」

　シショコ……？　わたしの名前は蕭子（しょうこ）ですが……。

　顔をあげたら、垣根（かきね）の向こうに、茶色いトイプードルを連れた男の人が立ち止まり、ぽかんと口を開けてわたしを見ているのでした。わたしよりいくつか年上の方でしょうか。見覚えはない気がするのですが、犬を連れているし、胸に大きく『I ♡ 御狩原（みかりはら）』とプリントされたTシャツを着ているので、ご近所の方なのでしょう。

男の人は、日焼けした顔に人懐っこい笑みを浮かべて、うれしそうにまくしたてました。

「やっぱりシショコさんだ！　髪型が違うから一瞬見違えましたよ。髪の毛、そんなに長かったんですね。いいなあ、綺麗な黒髪だなあ」

驚きにすくんでいたわたしは、やっとのことで声を絞り出しました。

「えっと、あの……。どちらさまですか？」

わたし、お仕事のときは誰にでも笑顔の接遇を心がけていますが、実は人見知りで、オフでは人と話すのが少し苦手なのです。特に男性とは。

男の人はあわてたようでした。

「あっ、すみませんっ！　あの、ほら、俺、反田です、反田！　いつも大変お世話になっております！」

体をまっぷたつに折り曲げて深々とおじぎをされ、思わず少し身を引きました。〝ほら〟と言われても、心当たりがないのですが……。でも、わたしは人の顔を憶えるのが苦手なので、もしかすると本当にお知り合いかもしれないし……。

そんなわたしの心中など知るよしもない男の人は、ほがらかな声をあげます。

「シショコさんはこちらにお住まいだったんですねえ。ご近所さんだったんだ！　知りませんでしたよ！」

……やっぱりご近所の方には違いないようですが、〝シショコさん〟って何でしょう。

たしかに、わたしの小さいころの愛称は〝ショコちゃん〟で、〝司〟という苗字のほうも、

たまに〝シ〟と読み間違えられることがあります。でも、この人がわたしの子供時代の

愛称を知っているとも思えないし……もしかして人違いでは？

「あの……わたし、そういう名前ではないのですが」

おそるおそる申し出ると、男の人はさらにあわてた様子で謝りました。

「あっ、すみません、すみません！　大変失礼しました！　司さん、でしたよね。でも、

苗字しか知らないし、図書館の司書さんなので、いつも心の中で、勝手に〝司書子さん〟

と呼ばせていただいていて、それで、つい」

「ああ……」

なんだ、図書館の利用者の方だったのですね。

「すみません、俺、失礼ですよね……」

男の人は、本当にすまなそうに眉毛を下げ、頭を掻き掻き、しょんぼりと謝りました。

その顔が、なんだか叱られたときのスノーウィみたいだったので、

「いえ、別に……」と応えながら、うっかり、ちょっと笑ってしまいました。

すると男の人は、謝罪のポーズから一転、世にもうれしげに、顔全体でにこにこしました。笑うと、細めた目の目尻が思いっきり下がって、とてもやさしい感じです。

「それにしてもラッキーだなあ！　最近、図書館であんまりお見かけしないなあと思ってたんですが、まさかこんなところでお会いできるなんて！」

悪い人ではなさそうですし、図書館の利用者となればそう無下にもできませんが、個人的に、仕事とプライベートは分けたいほうなので、返事に迷います。早起きして犬の散歩には行ってきたけれど、今日は別にお休みではなく、今は出勤前で、あまり時間もありませんし……。

男の人はわたしの困惑にかまわず、ずかずかと近づいて、垣根越しに庭を覗き込んできました。

「おっ、ワンちゃんだ。北海道犬とかですか？」

スノーウィは白い犬なので、よくそう言われるのですが、それにしては毛並みがもじゃもじゃ気味だし、耳の先っぽがちょっと折れているし、何より、いかにも賢そうな北海道犬と違ってなんとなくまぬけな顔つきをしているので、違うと思います。

「いえ、ただの雑種です。……たぶん」

祖母がどこかからもらってきた犬なので、実はよくわからないのですけれど。

　スノーウィは自分の話をされているのがわかるのか、喉の奥でうれしげにぼふぼふいいながら太い尻尾をぶんぶん振って、全力で愛想を振りまいています。垣根の向こうを行ったり来たりしているトイプードルちゃんも気になるようで、男の人を見上げたり垣根の下を覗き込んだり、すっかり舞い上がっています。スノーウィ、一応番犬ってことになっているんですけど、誰が来てもこの調子なので、まったく役に立ちません。

　名前を聞かれてスノーウィと答えると、男の人は納得顔でうなずきました。

「ああ、白いからですね？」

「ええ、まあ」

　実は子供のころに好きだった絵本『タンタンの冒険』に出てくる犬の名前から取ったのですが、絵本の犬が白犬だったからその名を付けたので、まあ間違ってはいません。仔犬のころのスノーウィは、耳の折れ具合といい、なんとなくもじゃもじゃした毛並みといい、とぼけた顔立ちといい、絵本の犬に、ちょっと似ていたのです。

「シャレた名前ですねえ。うちのは〝キャンディ〟っていうんです。おふくろがつけたんですけどね。少女趣味でしょ、耳にリボンなんかつけちゃって」

　男の人は、べらべらしゃべりながら木戸の脇の木苺に目をとめ、

「おっ、木苺ですね？　これってカジイチゴですよね。懐かしいなあ。子供のころはよ

く線路の土手なんかで通りすがりにとって食べましたよ」

などと言いながら、垣根越しにひょいと手を伸ばして、木苺を一粒、無造作（むぞうさ）につまみ、いきなりポイっと口に入れてしまいました。

わたしは心の中で、

（あーっ、お祖母ちゃんの木苺……！）と叫びました。

自分でも、たかが木苺の一粒くらいでケチだなとは思いますが、この木苺の木は、祖母が手ずから植えて、大事に育ててきたものなのです。毎年初夏には祖母と一緒に楽しく笑いあいながら実をつんで食べた、その想い出が、何年分も積み重なっているのです。それに、もうひとつ。この木には、特別な想い出があるのでした。誰にも言えない、秘密の想い出が。

この木苺は、わたしにとっては、ただの木苺ではないのです。

でも、何も知らない他人に、いきなりそんな話はできません。この男性にとっては単なる木苺の一粒ですから、

「うん、この味、この味。懐かしいなあ」と無邪気に言って、うれしそうに目を細める人に、

――でも、それ、ほんとはわたしと犬のなのです……。

なんて、言い出せません。

……言えませんが、この人、ちょっぴり遠慮がなさすぎますよね……。

「では、また図書館で！」と元気に去ってゆく男の人の後ろ姿を見送って、家に入ろうと振り向いたところで、目に入った座敷の奥の壁時計に、はっとしました。話し込んでいるうちに、いつのまにか、もうこんな時間です。うっかりするとバスに乗り遅れてしまいます。

急いでスノーウィに水と餌をやると、朝の身支度（みじたく）にかかります。下ろしていた髪をシニヨンにまとめて鏡の前で笑顔を作り、家にいるときの引っ込み思案で人見知りのわたしから、仕事用の笑顔のわたしにモード・チェンジ。

子供のころからの夢を実現して就いた図書館員の仕事ですから、一日だっておろそかにする気はありません。就職して六年たった今でも、たまに、自分がエプロンをつけて図書館のカウンターにいることを、夢じゃないかと感じるくらい。ときには自分の力不足に向き合って落ち込むこともありますが、だからこそ、毎日が勉強で、毎日が成長です。しかも、最近のわたしは、特に張り切っているのです。なぜなら、この四月から、一時期外れていた児童室担当に、念願叶って返り咲いたから。

うちの図書館は、最初の数年は勉強のためにいろんな担当を経験させる方針で、わたしも、他の持ち場をひととおり経験した上で、やっと大好きな児童室に帰ってこられたのです。

さっきの男性が、最近図書館でわたしを見かけないと言っていたのは、たぶん、そのせいですね。うちの図書館では、児童室担当でもローテーションで一般カウンターに入ることはありますが、やっぱり、その時間はかなり少なくなりますから。

今日も児童室で働ける喜びを胸に、五月の風の中、通勤カバンを肩に背筋を伸ばし、垣根のそこかしこから花の咲きこぼれる路地を抜け、ブロック塀の上の猫にほほえみかけながらバス停に向かいます。

御狩原は、昭和の雰囲気が色濃く残る小さな街です。市立図書館も小さくて、設備もサービスも、決して最新式とはいえません。予算もあまりありません。それでもわたしは、この街が、この図書館が好き。

市役所行きのバスを終点ふたつ手前の〝公園前〟で降り、広い公園を突っ切ったところにある、なんの変哲もない灰色のコンクリートの二階建て。古いから外壁にはしみができているし、補修の跡がツギハギみたいになっているしで、決して立派な建物ではありません。けれど、うっそうとしたケヤキや桜の大木に囲まれて、木漏れ日の中、植え込みには館長が丹精(たんせい)している白やピンクのつるバラが咲き、玄関前には近くの小学校の子供たちが育てた季節の鉢花がずらりと並ぶ――それが、わたしの愛する御狩原市立中央図書館です。

簡単な朝礼のあとは、ブックポストを開けて返却本をみんなで配架(はいか)しながら、記載台に備え付けてある鉛筆やメモ用紙を補充したり、花瓶の水を替えたりといった雑用もすませ、新聞架に朝刊をセットします。その間に担当者が、前日夕方以降にインターネットで受け付けたリクエストをチェックして、書架から本を回収します。回収したリクエスト本を手分けしてリクエスト棚に並べ終わるころには、もう開館時間です。

毎日開館前にすべての準備が整うわけではなく、たとえば配架が終わっていない日もあります。ブックポストの返却本が山になっている休館日明けなどは、職員総出でもまだ終わらなくて、交代で作業に当たって午前中いっぱいかかることも。

それでも、開館前のひとときは作業の手を止めて、笑顔でお客様を迎えるために深呼吸して背を伸ばす――この時間が、わたしは好きです。

自動ドアを開けば、毎朝開館前から待っている定年退職後のおじいさんたちが、閲覧テーブルのお気に入りの席と朝刊を確保するために、どっとなだれ込みます。

そのあとからのんびりとやってくるのは、朝の家事をひととおりすませてからくるのだろう年配の主婦たちと、幼稚園にあがる前の乳幼児を連れた若いお母さんたち。愛らしい赤ちゃんの姿やほほえましい親子のやり取りに、心が和みます。

午後になるとスーツ姿の男性や、学校帰りの子供たち、学生さんも増えてきます。

今日はお昼休憩の交代要員で一般カウンターに座っていると——。

差し出された本を受け取りながら顔をあげ、目の前の利用者の方を見て、思わず声をあげそうになりました。

（あーっ!!　さっきの……）

目の前でにこにこしているのは、今朝の男性だったのです。

「さっきはどうも」

笑顔で会釈する男性と、差し出された何冊もの探偵小説。

それで、はっと、気がつきました。そういえば、わたし、この方のことを知っていました……。

この方、いつも、探偵小説の新刊を片っ端からリクエストしてくる常連さんじゃないですか。

読書の自由を守るために図書館では個々人の貸出記録を保持せず、職員も一切口外しませんが、この方のようにいつも同じジャンルや作家の本を頻繁にリクエストなさる方は、どうしても憶えてしまいます。決して口外はできないことですが、心の中でついつい〝探偵小説の人〟〝ファンタジーの人〟などというひそかなあだ名をつけてしまったり。新刊の現物見本から購入する本を選ぶ〝見計らい〟で、その人の好きなジャンルの新刊がくれば、この本はきっとあの人が喜んでくれるだろうな、などと、お顔を思い浮かべながら購入の棚に置いたりもします。

この方は、その、〝探偵小説の人〟だったのです。……心の中の内緒のあだ名は、おたがいさまでしたね。

そしてたしかに、お名前は、今差し出されている貸出カードにも書いてあるとおり、反田さんでした。ただ、図書館の外で突然名乗られても思い出せなかっただけで。

突然声をかけてきて実はちょっと警戒していた男の人が、怪しい人ではなく、ちゃんとした利用者の方だったことにはほっとしましたが、今は仕事中ですから、カウンターでご近所さんと世間話みたいな状況は避けたいです。

「こちらこそ。さきほどはすぐ気づけなくて、大変失礼しました」

にこやかながらも馴れ馴れしすぎないビジネスライクな対応をしたつもりですが、その〝つもり〟はまったく伝わらなかったようで、反田さんのほうはいきなりご近所モード全開です。

「あ、やっぱり気づいてくれてなかったんですね。もしかして、俺の顔、憶えてなかったですか?」

「いえ、ただ、服装も違ったし、外で会うと別の人みたいで」

「そういうことってありますよねえ。俺、Tシャツだったし。ここは空調効いてるから、たいてい何か上着着てるでしょ? 野球やってるから肩を冷やさないように気をつけてるんですよ」

話を切り上げるタイミングがつかめなくて、ちょっと困りはじめたところに、次の利用者がやってきて後ろに並びました。カウンターでご近所さんと話し込んで他の利用者の方をお待たせするわけにはいきません。

「すみません、次の方が……」

「おっ、こりゃあすいません」

振り向いた反田さんを見て、後ろの方が声をあげました。

「お、誰かと思ったらタンテイさんか」

後ろの方も常連さんですね。お知り合いなのでしょうか。常連さんどうしにはよくあることですが、図書館で知り合ったお仲間かもしれません。反田さん、あんまり探偵小説ばかり読んでいるので、常連仲間に〝タンテイ〟って呼ばれているのですね。

「ああ、どうも」と挨拶してからこちらに向きなおった反田さんに、返却期限を告げながら本を差し出します。

反田さんは、名残り惜しそうにしながらも、「どうも。お借りします」と、さわやかな笑顔を残して立ち去りました。

＊

翌日は休日でした。

図書館は土日も開館していますから、休みは、休館日の月曜日を主とした平日に交代で取ります。家族や恋人のいる人は休日が合わずに苦労しているようですが、わたしはひとり暮らしで、恋人もいないし、休日ごとに友人と遊び歩くタイプでもないので、お休みが平日でもまったく不都合はありません。仕事のある日は仕事に励み、休日には、晴れれば庭の手入れをし、雨が降れば祖母仕込みの手仕事や保存食作りに勤しみ、夜には大好きな本を読み……つまりは、家と職場を往復するだけの毎日です。

たまに会う高校時代の友人に日常生活を語れば『蕭子ってあいかわらず変わってるよねぇ。おばあさんみたいだよ？』と笑われ、職場の先輩には『休みの日は彼氏と出かけたりしないの？　若いのにもったいない……』などと言われたりします。でも、恋愛なら物語の中だけで十分間に合っていますし、わたしは、祖母とふたりで長年守ってきた、この家での穏やかで丁寧(ていねい)な暮らしを愛しています。毎朝同じ時間に犬の散歩に行き、毎朝同じご近所さんと行きあって決まりきった挨拶を交わし、変わったことなんか何も起こらない――そんな慎ましくも平穏な毎日に、心から満足しているのです。

それなのに……散歩の途中で、わたしの静かな日常をかき乱す大きな声のあの人と、また、会ってしまいました。

実は、角を曲がったところで遠くに姿を見かけたときは、気づかれないうちにそっと引き返そうと思ったのですが、スノーウィがぼふん、と喜びの声を漏らしたのでキャンディちゃんに見つかってしまい、うれしそうに駆け寄ってきた反田さんと、家までの数ブロックを並んで歩きながら世間話をするはめに。

反田さん、今度は、御狩原南商店街のマスコットである狩衣(かりぎぬ)姿の白ウサギ〝ミカリちゃん〟がプリントされたショッキングピンクのTシャツを着ています。こういう思いっきりローカルなTシャツ、いったいどこで買ってくるのかしら……と思ったら、実は、反田さんは駅前の反田洋品店の息子さんで、このTシャツは反田洋品店のオリジナル商品であり、反田さんがリーダーを務める〝御狩原南商店街再活性化プロジェクト・チーム青年部〟のユニフォームでもあるのだそうです。ちなみに、〝プロジェクト・チーム青年部〟というのは、反田さんとそのお仲間数人でおもしろがってやっているサークル的な組織で、活動の半分くらいは飲み会だとか。お酒を飲んでわいわいおしゃべりしながら、いろんなアイディアを出すのだそうです。

先日、反田さんが突然うちの前に現れたのは、犬の散歩のコースを変えたためらしいです。いつもの道が工事中だったので、別のコースを開拓してみたのだとか。

……と、ほんの短い散歩の間に、これだけの情報を仕入れてしまったのは、反田さんがとても気さくでおしゃべりな方だからで、わたしはほとんど話さなかったのですが、最近図書館で見かけることが減ったと言われて、四月から児童室担当に変わっていたことを説明しました。

すると反田さんは、

「児童室かあ……。子供の本もいいですね。俺、『少年探偵団』とか好きだったんですよ。ほら、江戸川乱歩の。一般の棚にある目ぼしい探偵小説はだいたい読んじゃったし、この機会に、もう一度、『少年探偵団』でも読んでみようかなあ。大人が児童室に入ってもいいんですよね？　大人が子供の本なんて変かなあ……？」と、照れくさそうに言いました。

職業柄、読書への意欲を見せられれば後押ししたくなりますし、児童室には大人にも読んでほしい名作がいっぱいあります。それで、思わず、

「大丈夫ですよ。児童文学が好きな大人だって、いっぱいいます！　わたしも児童文学が好きですし、子供のころに好きだった本を大人になって読み返すことも、よくあります。優れた児童文学は奥が深いですから、同じ本でも、大人になって読むと、子供のころとはまた別の発見があったりして楽しいですよ！」と、思いっきり力説してしまいました。人とお話しするのは苦手ですが、本の話となれば、とたんにいくらでも話せるようになるのです。

「そうですか？　よーし、読むぞ！」

わたしの熱意が伝わったのか、反田さんもすっかり勢い込んでいます。

「それと、うち、五歳の甥っ子がいて、俺もよく絵本を読んでやるんですけど、家にある本は何度も読んで読み飽きちゃったから、甥っ子用にも何か借りてやろうかな。司書子さん、どんなのがいいか相談に乗ってくださいよ」

五歳のお子さんに読んであげる本をお勧めできるとは、なんてうれしい機会でしょう。

児童室担当として、張り切らずにはいられません。

「ええ、もちろん」と答えながら、何をお勧めしようか考えて、もうわくわくしてきました。

反田さん、最初はなんだか厚かましい感じがして、実はちょっと引いていたのですが、たぶん、良い人なのですよね。図書館員と利用者という関係でしかなかったわたしに、館外でためらいもなく声をかけてきたのは、商店街のお店屋さんの人だからというのもあるのでしょう。商店街のお店屋さんの人にとっては、お店のお客さんがお客であるのと同時にご近所さんでもあるのはあたりまえのことで、どこで会っても愛想よく声をかけて世間話をしたりするのでしょうから。

*

それからしばらくたったある日のこと。

カウンター当番が回ってきて児童室に行くと、女の子が泣いていました。小学三年生の高村琴里(ことり)ちゃんです。よく、お友達と連れ立って児童室にやってくる常連さんで、今も、周りに集まったお友達が、慰めている様子です。それを、男の子たちや、小さいお子さんを連れてきたお母さんたちが遠巻きにしています。

様子を見にいくと、泣いている琴里ちゃんに代わって、お友達が教えてくれました。

「琴里ちゃんのピンどめが片方、なくなっちゃったの」

「お祖母ちゃんが作ってくれた、琴里ちゃんの宝物なんだよ」

そういえば、琴里ちゃんは、いつも同じ、愛らしいちりめん細工のお花のついた髪飾りをつけていました。子供用にしてはやけに上品で高級感があるし、小学生がちりめん細工だなんて渋い趣味だと思ったので、印象に残っていたのです。あれはお祖母様の手作りだったのですね。

でも、頭の両脇にひとつずつつけていたはずのそれが、たしかに、今は片方しかありません。館内で落としたのでしょうか。大事なもののようですから探してあげたいけれど、わたしは今、ひとりで児童室当番なのでカウンターを離れられませんし……。

そこに、たまたま入って来たのが反田さんでした。

「あれぇ？　どうしたんですか？」

つかつかとやってきた反田さんは、すっかり児童室に馴染(なじ)んでいます。

先日の会話のあと、本当にすぐ児童室にやってきた反田さんは、持ち前の人懐っこさで、あっという間に何人かの子供たちと顔見知りになり、まるでずっと前からの常連のような顔で児童室に通っているのです。

わたしが詮索すべきことではないとはいえ、お仕事があるのになんでそんなにしょっちゅう図書館に来られるのかと、つい疑問に思ってしまいましたが、反田洋品店はご両親と反田さんとお兄様のお嫁さん——お兄様は会社勤めなのだそうです——でやっていて、近所に住む親戚も手伝ってくれているので店番の人手は多く、まとまったお休みはなかなか取れない代わりに日中のちょっとした時間の融通はききやすいのだそう……と、これは、図書館でではなく、朝の犬の散歩で会ったときに伺ったことですが。

そう、実はわたし、あれ以来、反田さんとは、すっかり犬の散歩友達なのです。

散歩をしながら話しているうちに、わかったことがあります。反田さんは、どうやらわりと世話好き……というか、はっきり言って無類のお節介らしいのです。商店会の役員をしていることもあり、ご町内で何かトラブルを見かければ、無関係なことでもなんでも、自分から首を突っ込みにいかずにはいられないようです。PTAと協力して地域の子供の見守り活動にも関わっており、子供たちの〝頼れるお兄さん〟を目指しているのだとか。

そんな反田さんですから、目の前で小学生が泣いているとあれば、放っておけるはずがありません。

　案の定、事情を知った反田さんは大張り切りで、

「司書子さん、任せてください。俺が探しますよ」と請けあってくれました。

　反田さん、この間はあんなに謝っていたくせに、それからもずっと、わたしのことを〝司書子さん〟と呼び続けているのです。

　反田さんは、琴里ちゃんに向かって、

「心配すんな！　お兄さんが探してやるからな」と胸を叩いてみせました。

　琴里ちゃんのお友達が、ひそひそ声で、「お兄さんだってさ……」「オッサンだよねー」「オヤジだよねー」と笑い合っています。

　そこで反田さんが、急にその子たちに向き直り、

「おい、そこの女子！」と声をかけました。女の子たちは、オッサン呼ばわりを聞きとがめられたかと思ったようで、一瞬、顔を見合わせて首をすくめましたが、別にそういうわけではありませんでした。

「君たち、この子の友達だろ？　一緒に探すんだぞ」

「えーっ、もう探したよ……」

「でも、見つからなかったんだろ？　一度で諦めちゃダメだ。もう一度探そう！」

　そして、その様子を遠巻きに見ていた男の子たちにも声をかけました。

「君たちも捜索を手伝うこと！　いいか、君たちは少年探偵団だ！　みんなで協力して、この子の髪飾りを探し出すんだ！」

「ええーっ？」

女の子たちは半笑いで疑問の声をあげましたが、男の子たちはノリが良いです。「よっしゃ！」「ラジャー!!」などと口々に応えて、おもしろそうに寄ってきました。

でも、男の子たちの中でひとりだけ、少し離れたところで書架の陰に隠れるように様子をうかがっている子がいます。眼鏡のあの子は、琴里ちゃんと同じ小学三年生の、小林光也君です。

反田さんが光也君を手招きしました。

「おい、小林少年！　何やってんだ、おまえも来い！」

反田さんと光也君は、この児童室で知り合ったお友達同士なのです。

ふたりの出会いは衝撃的でした……。

光也君は、反田さんのお目当てでもある『少年探偵団』シリーズが好きで、今、次々と読破しているのですが、ある日、書架の前で、『少年探偵団』の同じ巻に同時に伸ばされた反田さんと光也君の手がぶつかり、それをきっかけに、ふたりはたちまち意気投合して友情が芽生えたのです。

わたし、同じ本に手を伸ばしたのをきっかけに親しくなるふたりというものを、はじめて実際に目の当たりにしました。そんな物語のようなことが目の前で現実に起こるのなら、もしかしたら、わたしがタクシーに飛び乗って「あの車を追ってください！」なんて、物語の中の憧れの台詞を口にする日だって、いつかこないともかぎりませんね。

でも、今日の光也君は、ちょっと変です。なんであんなふうに、棚に隠れるみたいにひとりだけ引っ込んでいたんでしょう。反田さんの〝少年探偵団〟へのお誘いにも、『少年探偵団』シリーズ好きの彼なら大喜びで飛びつきそうなものなのに、なんだか、しぶしぶといった様子です。

反田さんも、それは感じたのでしょう、

「おまえが団長だぞ。なんたって〝小林少年〟なんだから」と言って、わざわざはっぱをかけています。

「さあ、少年探偵団結成だ！　いいか、みんな、集まれ。まずは作戦会議だ」

そう言って、反田さんは、まずは琴里ちゃんとその友達の女の子たちから、今日の琴里ちゃんの図書館での行動を事細かに聞き取りはじめました。琴里ちゃんが館内のどこかに行ったか、図書館に来る前にすでに落としていた可能性はないか、トイレにはとどこに行ったか、トイレから出てきたあとに琴里ちゃんが髪飾りをつけているのを確認した子はいるか……。てきぱきと質問しては、可能性を絞り込んでいきます。

最初は探偵ごっこをバカにした様子だった女の子たちも、だんだん真剣な顔になってきました。

次に反田さんは、子供たちを数人ずつに分けて、館内外の捜索場所を指定しました。みんな熱心に反田さんを見上げて指示を聞いています。反田さんは、児童室で仲良くなった子供たちからも〝タンテイさん〟と呼ばれていて、他の子たちもなんとなくそれを真似しはじめたので、なんだか本当に、名探偵の指令を受ける少年探偵団のようです。

「わかったか。じゃあ、捜索開始だ！　ただし、館内では絶対に騒がないこと。大きな音を立てたりおしゃべりしないで静かに探せ。これは秘密任務だからな。気づかれないようにやるんだ。一般室や新聞コーナーにいる大人のひとの邪魔にならないように、くれぐれも気をつけるんだぞ」

その言葉にうなずいた子供たちは、大真面目に足音を忍ばせて散開していきました。何人かは反田さんと一緒に館外の植え込みなどに、何人かは館内の他のコーナーに向かい、残りは児童室の中を再捜索しはじめます。書架はもちろん、一番奥の畳敷きのおはなし室、中央に並べられた円形ベンチや、随所（ずいしょ）に置かれたスツールもひとつひとつ動かして。もちろん琴里ちゃんも、もう泣くのはやめて真剣に探しています。小さい子を連れたお母さんたちも、手伝ってくれています。

児童室にたまたま居合わせた人たちみんなが一体となって、ひとりの女の子の落とし物を探してくれている……。なんだか、少し感動しました。

けれど、結局、髪飾りは見つからないまま、外周や一般書架を探していた子たちも戻ってきて、反田さんを囲んで頭を寄せあい、ふたたび作戦会議がはじまりました。

その途中で、低学年の子のひとりが、突然、

「きっと、エンメージのかんざしババアのしわざだよ」と言い出しました。

……エンメージ？　かんざしババア……？

反田さんも、きょとんとしています。

子供たちが騒ぎ出しました。

「タンテイさん、知らないの？　かんざしババア！　髪ゴムとかピンどめとかリボンとか、女子が頭に付けるやつを盗む妖怪だよ」

「うちのお姉ちゃんもかんざしババアにピンどめ盗（と）られたって」

「三組のユカリちゃんも髪ゴム片方隠されたけど、次の日、出てきたって」

「そういうの、かんざしババアのカミカクシって言うんだって！」

小さい子たちの盛り上がりを、光也君が突然さえぎりました。

「バカ、そんなの作り話に決まってるだろ！　おまえら妖怪なんか信じてるのかよ、幼稚だなあ！」

そう、吐き捨てるように。

今日の光也君は、なんだかご機嫌が悪そうです。

それをきっかけに、みんななんとなく盛り下がって、その日はそのまま解散となりました。

＊

翌朝、散歩から帰ってきてスノーウィを繋いでいるところに、いつものようにキャンディちゃんを連れた反田さんが通りかかりました。スノーウィがぶんぶんと尻尾を振って大歓迎します。

垣根越しに、昨日の琴里ちゃんの髪飾りの話をしました。

反田さんが言うには、琴里ちゃんはもうすぐ引っ越していってしまうのだそうで、あのあと、反田さんは琴里ちゃんのお友達に囲まれて、絶対にそれまでに髪飾りを見つけてくれと懇願されたそうです。もちろん自分たちもがんばって探すから、と。

反田さん、

「そんなこと言われてもねえ……」と、ちょっと困った顔をしつつ、子供たちに頼られたのは嬉しいのでしょう、

「また少年探偵団を動員してがんばるか……」と、まんざらでもなさそうにつぶやいています。

それで思い出して、

「少年探偵団といえば、光也君、昨日、なんだかご機嫌なめでしたね」と話を向けると、反田さんも、うなずきました。

「ですよねえ。どうしたんでしょうね。髪飾りを見つけて好きな子にいいとこ見せたいはずだから、一番張り切ってもよかったのにねえ」

「えっ？　好きな子って……？」

「司書子さん、気づいてなかったんですか？　小林少年、琴里ちゃんが好きなんですよ」

「えっ。……ええーっ？」

……全然気づいていませんでした……。

だって、光也君と琴里ちゃんは、今まで、どちらも常連だからよく児童室で顔を合わ

せてはいたけれど、どっちかというと仲が悪いほうかと……。仲良く話をするところなんか見たこともないし、光也君はよく、琴里ちゃんにささいな意地悪をしている様子でした。たとえば、琴里ちゃんが取ろうとした本にわざと横から素早く手を伸ばして先に取ってしまうなどの、くだらない嫌がらせです。琴里ちゃんと書架の間に先回りして割り込んでは、琴里ちゃんのお友達にしっしっと追い払われるまで何度でも飽きずに邪魔をして……と、ここまで考えて、書架の前での光也君と反田さんの出会いを思い出しました。一冊の本の前でぶつかった、ふたりの手……。

あーっ、まさか光也君、あれを狙ってた……？

びっくりして口元を押さえると、反田さんが苦笑いしていました。

「本当に気づいてなかったんですね」

「はい。……光也君が自分で反田さんに話してくれたんですか？」

わたしは児童文学が好きなだけでなく、子供もそれなりに好きなつもりで、だからこそ児童室を志願しました。けれど、いざ実際に子供たちの中に身を置くようになって、自分が実は子供と接するのがあまり得意でないことに気づかされました。ひとりっ子として育ち、自分より小さな子と接する機会がなかったせいでしょうか。相手が何歳だろうと、つい、大人に話すのと同じように難しい言葉を使ってしまったり。子供たちのほうもそんなわたしのぎこちなさを感じ取るのでしょう、なかなか打ち解けてもらえないのが目下の悩みです。

でも、反田さんはわたしと違って、すっかり子供たちと打ち解けています。だから光也君も、わたしには言わないような秘密を反田さんにだけは打ち明けたのかもしれないと、かすかな羨望(せんぼう)とともに、思ったのです。

けれど反田さんは、笑って首を横に振りました。

「まさか。言うわけないでしょ、そんなこと。でも、見てればすぐわかるじゃないですか。司書子さん、そうとう鈍感ですねえ」

「……はい、よく言われます……」

こんなふうに察しが悪くて目配りが足りないから、反田さんのようには子供たちに懐いてもらえないのですね。わたしも反田さんを見習いたいです。

反田さんは苦笑しながら顎(あご)を撫(な)で、ひとりごとのようにつぶやきました。

「これは難関だなあ……」

「はい？」

こんなわたしが反田さんのようなコミュニケーション力の高い人を見習うのはたしかに難しいかもしれませんが、わたし、今、それを口に出してはいないはずですが……。

「いや、まあ……ね」と、反田さんは、なぜか苦笑いしました。そして、「髪飾り、出てくるといいですね！」と言いざまに、今日もまた垣根越しにひょいと手を伸ばして断りもなく木苺を一粒つまみ、口に放り込みました。

反田さん、うちの前を通りかかるたびに、毎回これをやるのです。

そしてわたしは、最初からずっと、その木苺が自分にとって特別なものだということを、反田さんに言えないまま……。

……だって、誰がこんな話を信じてくれるでしょうか。

わたし本人にだって信じられないような話なのですから——。

去年、楽しみにしていた木苺の季節を前にして、祖母は突然亡くなりました。本当に突然のことでした。木苺の花のころには、まだ元気で家にいて、今年は木苺をジャムにしてみようかね、なんて言っていたのに……。

お葬式のあと、お葬式と諸々（もろもろ）の手続きのために一時帰国していた父も任地に戻り、ぽっかりと静かになったひとりの夕べ。スノーウィの散歩から帰ってきたたそがれの庭で、ふと目をあげたら、木苺がオレンジ色に熟して、小さなぼんぼりみたいに夕闇に浮かび上がっていました。

もう薄暗かったから、本当なら木苺も暗がりに沈んでよく見えないはずなのに、そのときは、なぜか、常にないほど大きく実ったその実が、まるで内側に明かりが灯(とも)っているみたいにぼうっと淡く輝いて、わたしを招いているように見えたのです。

祖母の入院やらお葬式やら後片付けやらでばたばたしているうちに、いつのまにか木苺が熟していたのだと、そのときはじめて気がつきました。

（ああ、そういえば、今年は木苺どころじゃなかったな、この木苺でジャムを作ろうって楽しみにしてたお祖母ちゃんが逝(い)ってしまっても、季節が巡れば、木苺は熟すんだな……）

ぼんやり考えながら、毎年の習慣で半ば無意識のうちに手を伸ばし、一粒つまんでスノーウィにやり、もう一粒を自分の口に入れて食べた瞬間——目の前に、祖母の姿がありました。

祖母は、生前そのままにやさしくほほえんで言いました。

——蕭子、泣かないで。わたしは、ここにいますよ。ずっとあなたを見守っています。あなたは大丈夫。ひとりでなんでもできるように、わたしがみんな教えてあげたでしょう？　だから、あなたは大丈夫。さあ、顔をあげて、しっかりと生きなさい。そして糠床は毎日混ぜるのよ——。

泣くなと言われてはじめて、自分の頬を涙が伝っていたことに気がつきました。

涙を拭いながら、

「……お祖母ちゃん?」と呼びかけましたが、そのときには、祖母の姿は消えていました。

あれは何だったのでしょうか。まさか幽霊? それとも、悲しみやお葬式疲れがわたしに見せた、ただの幻覚? もしかして、わたし、悲しみのあまり少し頭がおかしくなっていたのでしょうか。自分では、自分がおかしいような気は、まったくしていなかったのですが……。

それに、わたしだけでなくスノーウィも、あれを見たのだと思います。スノーウィもわたしと同じ方を見て、戸惑いがちに尻尾を振っていましたから。そして、祖母の姿が消えると、尻尾の動きが徐々に止まり、やがて諦めたようにゆっくりと垂れ下がっていき、スノーウィは、首をかしげて鼻を鳴らしながらわたしを見ました。

(……ねえ、お祖母ちゃんはどこへ行ったの?)と、言っているみたいでした。

わたしは、しゃがみこんでスノーウィの首に抱きつき、また泣きました。

そういえば、あのとき、わたしは、いつから泣いていたのでしょう。まさか、犬の散歩の間も、自分で気づかないうちに泣いていたのでしょうか。帰ってきて木戸を入ってからだったと思いたいのですが……。

そんなわけで、それ以来、この木苺は、わたしにとって特別な木になったのです。祖母の幻と会えたのは、あの一回きりだけれど、それからも、木苺を口に入れるとき、わたしは目を閉じて祖母を想います。その姿を、声を、心に思い描きます。そして毎回、もしかしたらもう一度、あのときみたいに祖母が姿を現してくれないかと、祖母の声が聞こえてきやしないかと、ほんのちょっとだけ期待します。そんなふうに思いながら食べるせいでしょうか、木苺を食べるとき、わたしの心の中の祖母の面影（おもかげ）は、ひときわ鮮明になる気がします。まるで今にも何か言いそうに思えるくらいに……。

木苺を一粒、口に入れながら、いつものように心の中で祖母の面影に問いかけました。

（ねえ、お祖母ちゃん、琴里ちゃんの髪飾り、どこにあると思う？　わたし、どうしたらいい？　どこを探せばいいのかな……）

そのとき、ふと、どこからか声が聞こえたような気がしました。

――灯台下暗（もと）しってね。まずは一番近くを探しなさい――

それは、祖母の声でした。うっかりもののわたしが何かを失くすたびに祖母に言われていた、聞き慣れた言葉です。

思わず周囲を見回してしまったけれど、もちろん、祖母の姿はありませんでした。

でも、これはきっと、あの日と同じように、祖母がわたしに語りかけてくれたのです。わたしが困っているのを見て、助言を与えてくれたのです。やっぱり祖母は、ずっとわたしを見守ってくれていて、生前そのままに、わたしを導いてくれているのです。きっと、そうです。

……お祖母ちゃん、ありがとう。諦めないで、もう一度、探してみるね……。

心の中で、そっとお礼を言いました。

今日、これから図書館に行ったら、もう一度、琴里ちゃんの髪飾りを探しましょう。〝一番近く〟って、やっぱり、児童室のことですよね？　そこは昨日みんなでさんざん探したのに見つからなかったからって諦めていたけれど、簡単に諦めちゃいけませんよね。なんでもすぐに諦めるのが、わたしの悪い癖(くせ)なのです。

お祖母ちゃん、わたし、がんばるね！

＊

……けれど、そんな張り切った気持ちは、すぐにしぼんでしまいました。都合よく朝から児童室のカウンター当番で、利用者もほとんどいなかったので、書架整理を兼ねて本を端から引っ張り出し、後ろに髪飾りが落ちていないか探そうとしたのですが、午前中いっぱいかかっても半分も見終わらず、もちろん髪飾りは見つかりません。

それでも、ついでに書架の乱れを直せて、埃(ほこり)も払えて、修理やラベル修正の必要がある本を何冊も見つけて抜き出せたので、仕事としての成果はそれなりにあったのですが、夢中になって作業している間に、カウンターに本を持った利用者の方が来て、困って立っていました。

申し訳なさに身の縮む思いで、あわててカウンターに飛んで行きましたが、その様子を、ちょうど返却本のブックトラックを運んできた先輩職員が見ていて、利用者の方が本を借りて帰ったあとに、

「司さん、他の作業をしているときもカウンターには目を配っていなきゃ駄目よ」と注意されました。

何かに熱中すると周囲のことをつい忘れてしまうのも、わたしの悪い癖なのです。仕事に慣れてきた最近では、新人のころによくあったこうした失敗はしなくなったと思っていたのに、ひさしぶりにやらかしてしまいました……。

わたし、いったい何をしていたのでしょう。就職してもう何年もたつのに、こんな初歩的な失態を演じて利用者の方に迷惑をかけ、肝心の髪飾りは見つからず……。

お昼時のカウンター当番のあとの、一時間遅れの昼休み。一緒に昼番だった同僚は外に食事に行き、わたしはひとりきりの休憩室で、持参のお弁当を食べました。祖母直伝(じきでん)の甘い卵焼きと、ピーマンの肉詰め、庭の蕗(ふき)で作ったきゃらぶき、にんじんのきんぴら、ミニトマトを添えたポテトサラダ。

きゃらぶきときんぴらは作り置きで、ポテトサラダは昨日の残りものです。きゃらぶきもきんぴらもポテトサラダも、祖母と同じ作り方で作っているはずなのに、なぜでしょう、どうしても味が違います。ああ、もう一度、お祖母ちゃんのポテトサラダが食べたい……。

うっかり滲(にじ)みかけた涙を押し戻してお弁当を食べ終え、お弁当箱を洗い、残った時間に本を読もうとしてページを開くと、挟まっていた革の栞(しおり)が、想い出のひとひらのように、ひっそりと現れました。落ち込んでいるときの癖で、指先でぼんやり栞をなぞれば、過ぎた日が胸によみがえります。

昔、まだとても若かったわたしに、『広い世界を見なさい』と言った人がいました。とてもお世話になった方でした。そのころのわたしは、今よりももっと内気で、いつもうつむいてばかりいました。そんなわたしに、その人は、よく言ったのです。

「顔をあげなさい。下を向いていたら何も見えませんよ。あなたは若い。これからなんでもできます。いろんな人と出会います。それなのにうつむいてばかりいたら、あなたの垣根の前を白馬の王子様が通り過ぎたって気づけませんよ。顔をあげて、いろんな経験をして、視野を広げなさい。顔をあげて見回しさえすれば、広い世界はあなたのものなんですよ」

けれどわたしは、そう言われるたびに、心の中で、『広い世界なんていらない』と思っていました。泣き虫で人見知りで弱虫な、こんなちっぽけなわたしには、ほんの小さな世界で十分、今のこの世界だけでも、わたしにはもう広すぎる……と。

今でも、そう思っています。だって、この小さな図書館の児童室だけでもわたしには広すぎて、髪飾りのひとつも見つけられないのですから……。

司書子さんの児童書案内 1

『少年探偵団』
江戸川 乱歩（著）／ポプラ社

今も昔も小学生の男の子に大人気な探偵もの。もちろん女の子だって。表紙がおどろおどろしいのがまた、好奇心をそそるみたいです。子供たちは、ちょっと怖いのが大好きですものね。名探偵・明智小五郎より、敵役の"怪人二十面相"のほうが有名かしら。歴史が古いので、子供のころに愛読していた大人のファンも多く、同じ出版社から豪華作家陣によるオマージュ作品アンソロジーが出たりもしてますよ。

第二章

初恋を追いかけて

次の土曜日は、たまたま非番でした。基本的に平日休みの仕事ですが、交代で月に一度くらいは土日の休みがあるのです。

朝、犬の散歩の途中で反田さんと会いました。最初のころはなるべく見つかりたくないと思っていたけれど、いつのまにか反田さんと会うのが嫌ではなくなっている自分に気がつきます。児童室の出来事という共通の話題ができたからでしょうか。それに、とにかく、スノーウィが喜びますし。

雨上がりの道を歩きながら、反田さんが言いました。

「琴里ちゃん、どうやら明日が引っ越しらしいですよ。結局、髪飾り、出てこなかったですねえ。本当にかんざしババアの神隠しだったりしてね」

「その、なんとかババアって、なんですか？　この間も子供たちが何か言ってましたよね？」

「この辺の小学生の間で流行(はや)ってる、まあ、都市伝説みたいなものらしいですよ。俺、商店会の関係で、子供向けの地域探検とか郷土玩具作り講習とか、そういう郷土学習活動にいろいろと協力しているもんで、地元の伝説ってことで興味を持って、あれからちょっと聞き込みしてみたんです。どうやら、花野橋(はなのばし)のたもとの苑明寺(えんめんじ)ってお寺に伝わる『お千代(ちよ)伝説』というのが元ネタみたいですね。司書子さん、知ってました？　苑明寺にはお千代の墓があって、今でも命日には法要をやってるんだそうですよ」
郷土の伝説といえば、地元公共図書館員としては、ぜひ知りたい情報です。興味を示すと、反田さんがあらましを教えてくれました。

――昔、とある屋敷で女中をしている千代という娘がいた。器量も気立てもよい彼女に同じ屋敷の下男が懸想（けそう）したが、奥方お気に入りの上女中が下男の自分など相手にするはずがないと、想いを告げられずにいた。そこで男は、彼女が困っているところへ手を差し伸べれば恩を売ることができると思いつき、奥方のかんざしを盗み出して、千代が盗んだという噂を流した。怒った奥方は、千代の弁明を信じず、『盗んでいないというならかんざしを探してこい。見つかるまで帰ってくるな』と、雪の夜、千代を屋敷から追い出してしまった。思わぬ成り行きにあわてた男は、かんざしを手に、千代を呼び戻しに走ったが、雪に阻まれて千代の姿を見失ってしまう。千代は雪の中、あてもなくかんざしを探しまわるうち、花野橋の上で足を滑らせて、川に落ちて死んでしまった――。

「……というわけで、それ以来、地元の女たちは、夜に花野橋を渡るときはかんざしを外すようになったんだそうです。うっかりかんざしを挿したまま橋を渡ると、『かんざしを寄越せ』という声が背後から追ってきて、いつのまにかかんざしが消えているんだそうで。たぶん、この最後の部分だけが子供たちに伝わって、〝かんざしババア〟の噂が生まれたんですね」

「まあ、なんて可哀想なお話なんでしょう……」

反田さんの語りはとても巧みで、わたしはすっかり引き込まれてしまいました。気の毒なお千代さんの運命に、あやうく涙ぐみかけたくらいです。

反田さん、もしかしたら、ストーリーテリングの才能があるのでは？　今度、〝おはなしボランティア〟にスカウトしてみようかしら。子供たちに物語を語り聞かせたり絵本を読み聞かせたりする〝おはなし会〟は、職員だけでやっている館もありますが、うちの館では、ボランティアの方も参加してくださっているのです。

そんなことを思いながら、

「それにしても、その下男さん、酷いですね。だいたい、そんなバカなことをする行動力があるなら、相手にされるわけがないなんて最初から決めつけないで、当たって砕けてみればよかったのに！」と感想を述べると、反田さんは、

「そ、そうですね……」と、苦笑しました。

「そりゃまあそうですが、当たって砕けてみる覚悟は、なかなかできないものですよ。

特に玉砕が目に見えてる場合は……。この男はたしかに酷いけど、俺は、そいつがお千代さんに告白できなかった気持ちだけは、ちょっとわかりますね。金持ちでもなければ顔も特に良くない、冴えない男がですね、見るからに高嶺の花な感じの清楚で可憐な美人さんにね、いきなり交際を申し込む勇気は、そりゃあ、なかなか出ないですよねぇ」

横目でこちらを見ながら、やけにしみじみとそんなことを言う反田さんに、わたしは少しびっくりしました。

「まあ。反田さんみたいに社交的で積極的で行動力のある方でも、そういうものなんですか……？」

「そりゃそうですよ。俺をなんだと思ってるんです。そういう司書子さんは、好きになった人には必ず、百パーセント、告白できるんですか？」

「そ、それは……」

挑発するように言われて、わたしは、つい口ごもりました。

わたし、好きになった人に告白したことがありません。今までの人生で、ただの一度も。

なぜなら、わたしが今までにたったひとり、本当に好きになった男の人には、すでに奥様がいたからです。

思い出すと今でも胸が痛み、わたしは目を伏せました。

が、何も知らない反田さんは、容赦なく追及してきました。

「どうなんです？　今まで、好きになった人全員に自分から告白しました？　それとも、自分からは告白しないで、相手からさせるよう仕向ける主義とか？」

そんな追及は適当にかわせばいいのでしょうが、わたしには、そういう器用なことができません。思わず本当のことを答えてしまいました。

「全員っていうほど大勢、好きになった人なんていないです。ひとりだけです！」

それを聞いた反田さんは、ちょっと目を見張りました。

「へえ……。ひとり、ですか……。で、その人には、告白したんですか？」

今度こそはぐらかすべきだったのですが、うっかり、ぽろりと言ってしまいました。

「……それは、でも、告白できない、してはいけない事情があって……」

言いながら、もう後悔していました。なんで反田さんにこんな話をしてしまったのかと。

反田さんが、これ以上追求しないで聞き流す配慮を見せてくれたら……と内心で願いましたが、もちろん反田さんにそんなデリカシーはなく、容赦なく直球でズバッと切り込まれてしまいました。

「はあ。相手が妻帯者とか？」

ぎくっとしたわたしを見て、反田さんは無造作に言いました。

「図星ですね。不倫の恋というヤツですか」

その言葉に、わたしは足を止め、思わず声をあげました。

「違います！　先生は、人倫に背くことなど何ひとつしていません！」

わたしの、一生に一度の真実の恋の想い出を、事情も知らない他人に、そんな下世話な言葉で貶めてほしくありません……！


――そう、今までの人生でただ一度、わたしが恋したその人は、先生だったのでした。

大学の、ゼミの担当教授です。

とても、とても年上の――まだ二十歳そこそこだった当時のわたしから見ればもうおじいちゃんといっていいくらいの年の人でしたが、わたしは、先生を、本当に、本当に好きでした。少し猫背の、背の高い後ろ姿も、癖のある歩き方も、灰色混じりの髪にたまに寝癖がついているのも、眼鏡の奥のやさしい目も、常に傍らに置いたコーヒーのカップを持ち上げる仕草も、ご自分の学問について語るときの少年のような眼差しも、ときおり見せるはにかんだ表情も、わたしに話しかけるときの、ときどき少し困ったようになる声の調子も……。

毎日、毎日、先生だけを見ていました。先生のことばかり考えていました。先生が、わたしの世界の中心でした。先生さえいれば――その姿を見て、声を聞いてさえいられれば、他にはなんにもいらないと、本気で思っていました。たとえ先生が、わたしを振り向いてくれなくても。

そもそも、振り向いてほしいなんて、思ったこともなかったのです。

わたしの好きな先生は、奥様を裏切って悲しませるような人ではないのです。そういう先生を――奥様を悲しませたりしない先生をこそ、わたしは好きだったのです。

先生は、あまり学生にご家庭の話をなさるほうではありませんでしたが、それでも、先生が奥様を愛していらっしゃることは、ちょっとした言葉のはしばしにうかがえました。

先生が、ごくまれにちらりと奥様のことを話題にするときの、少し照れたような表情や、照れ隠しにわざとぞんざいを気取ったような口ぶりが、わたしは好きでした。

何かのはずみで、女子学生たちの間で恋愛談義が始まったことがあります。先生は、黙ってにこにこと教え子たちの青臭い議論を聞いておられました。

そのうち、誰かが、『恋は叶ってしまったら終わるのだ』と言い出しました。恋とは手の届かない何かに焦がれる衝動なのだ、だから本質的に自己完結的なものであって、自分の裡なるときめきがすべてであり、実は相手とは関係がないのである、だから究極の恋は片想いであり、片想いこそが恋の真髄なのである、と。

わたしも含めて、多くの学生が、深くうなずきました。そのとき、先生が、はじめて口を開いて、おだやかな微笑とともに言いました。

「そうですね。たしかに、叶ってしまったら恋は終わるのかもしれないけれど、でもね、そうやって終わった恋は、失われるのではなく、愛に変わるんですよ」

学生たちは、普段は朴訥な年配の教授が突然そんなロマンチックなことを言ったことで大喜びし、きゃーきゃーと騒ぎ立て、先生を冷やかし始めました。

やたら盛り上がられて「しまったなあ」と照れ笑いする先生をひそかに見つめながら、わたしも一緒になって笑うふりをしていましたが、

（ああ、先生は今、奥様のことを思い浮かべたんだな）と思ったら、小さく胸が痛みました。

先生は、おそらく、わたしの気持ちに気づいておられたと思います。なぜなら、先生は、ことあるごとにわたしに向かって「若いんだから、いろんな男性と健全なお付き合いをして見る目を養いなさい」というようなことをおっしゃっていましたから。

先生は、普段、学生たちの私生活や恋愛に口を出すような人ではなくて、先生がそんなことを言うのは、たぶんわたしに対してだけだったのです。

そのたびにわたしは心の中で、（他の男の人なんてどうでもいい、わたしには先生だけでいい）と思ったものですが、そんな気持ちも先生はきっとご存じで、でも応えるわけにはいかないから、気づかぬふりをしていてくださったのだと思います。

だから、先生に告白しようなんて、一度も本気で考えはしませんでした。

秘めた片想いは何も壊さないけれど、実際の告白は、もしかしたら先生の人生を壊し、そうでなければ、わたしの恋を壊してしまうから。片想いしているだけで幸せだった、先生の姿を目で追っていられるだけで息が詰まるほど幸せだった、その幸せを、壊してしまうから――。


そんな切ない想い出がわたしを突き動かして、気がつくとわたしは、反田さんに向かってまくしたてていました。

「先生の名誉には、一点の曇りもありません！　わたしの、完全に一方的な片想いだったんです。先生は、たぶんわたしの気持ちを知っていたけれど、奥様を裏切る気持ちはまったくなかったと思うし、わたしも、先生に人の倫（みち）に背いてまで振り向いてほしいだなんて思っていませんでした。先生の奥様を悲しませたり、先生の幸せを壊すつもりなんか、まったくありませんでした。相手が誰であろうと、見返りを求めず人を慕う想いそのものに、罪がありますか？　事情も知らずに、不倫とか言わないでください……」

最後は涙声になりながら言い終えて、ふと我に返ると、反田さんが、びっくりした顔で目をぱちくりさせていました。

「……すみませんでした……」

しょんぼり謝る反田さんに、あわててこちらも謝りました。

「あ、ご、ごめんなさい！　わたしったら、なんでこんなところでこんな話を……」

わたしたちは、いつのまにか家の前まで来ていて、木戸の前で立ち話をしていたのでした。足元では、退屈したスノーウィとキャンディちゃんが、うろうろと垣根の匂いを嗅ぎまわったり、じゃれあったりしています。

「あの、これ、ずっと昔の、もう終わった話ですから」

とりあえず、今、いわゆる不倫の恋をしているわけではないことは弁明しておいたほうがいい気がして、一応言っておきました。

「昔っていうと？」

「大学時代です。……ゼミの担当教授でした」

反田さんはわたしの出身大学も知らないのですから、ゼミの教授だと言っても個人の特定はできないでしょう。しかも、先生が今でも母校で教鞭を取っていらっしゃるならまだしも、もう、六年も前に職員名簿から消えているのですから……。

「なるほど。その先生は、今、どうしているんですか？」

反田さんは、探るような視線を向けてきました。

「恩師なら、年賀状のやり取りくらいはありますよね。同窓会とか、ゼミの教授ならOB会とかで、会う機会もあるんじゃないですか？」

ああ、そんな機会があれば、どんなにいいか……！

こみあげた想いを抑えて、なるべく淡々と答えました。

「いいえ。先生は、わたしの卒業直前に、交通事故で亡くなりました」

反田さんは、はっとしたように居住まいを正して頭を下げました。

「すみません、悪いことを訊きました」

「いえ……。昔のことですから」

しばらく、気まずい沈黙がありました。それから、反田さんが、静かに言いました。

「すみません。立ち入ったことをお訊きします。答えたくなかったら答えなくていいんですが、司書子さんは、今でもまだ、その人のことを想っている、と……？」

答えなくてもいいと言ってはくれましたが、わたしは、自分がその質問に答えたいのだと気がつきました。ずっと誰にも言えずに胸に秘めてきた初恋のことを、本当は誰かに聞いてほしかったのだと。大切に胸に抱いてきた、そして一生抱き続けてゆくつもりの美しい想い出を、誰かに誇りたかったのだと。

だから、想いを込めて宣言しました。

「はい。わたしの、最初で最後の恋です」

大切な決心だからきっぱりと言い切りたかったのに、ふと胸が詰まって語尾が震えかけ、くちびるを噛みました。これ以上何か言ったら、涙が出そうでした。先生はもうこの世にいないのに、わたしは、まだ、先生を忘れられずにいるのです。

反田さんは、ため息をつくみたいに、静かな声で言いました。

「そうですか。……素敵な方だったんですね」

その声音が、目尻を下げてほほえんだ反田さんの表情が、染み入るようにやさしくて、はい、とうなずいた拍子に、また、涙がこぼれそうになりました。

反田さんにこの話を聞いてもらってよかったかも、と思いました。

学生時代のわたしのことも、先生のことも何も知らない、何の関係もしがらみもない反田さんだからこそ、今まで親友にも祖母にも言えなかったことを話せたのかもしれません。

……それなのに、反田さんは、こんなことを言いました。

「……でもね、最初の恋っていうのはともかく、最後かどうかは、まだわからなくないですか？」

反田さんの口調は遠慮がちで、思いやりに満ちて聞こえましたが、それでもわたしは思わずむきになって、ちょっと口調を強めてしまいました。

「いいえ、わかっています。だって、わたしが自分でそう決めたんですから」

今度こそきっぱりと、わたしは言い切りました。わたしは、もう、恋なんてしません。一生、先生の想い出だけでいいのです。

「……はあ。そうですか」

反田さんは、ちょっと微妙な顔をしました。わたしの口調が、あんまり頑（かたく）なだったからでしょうか。きっと励ますつもりで言ってくれたんですもの、それをはねつけるような意固地（いこじ）な態度は、よくなかったと思います。赤の他人に突然こんな個人的な主張をされても、困惑するだけでしょうし。

そう思うと、自分の一方的な自己表明の子供っぽさが急に気恥ずかしくなり、反田さんをそんなものに付き合わせてしまったことが申し訳なくなって、ハンカチで涙を拭い、なんとかほほえんでみせました。

「……すみません。つまらないことを話してしまって。今のはここだけの話にしてください ね」

「ええ、もちろん」

反田さんは、おしゃべり好きだけれど、ここだけの話と言われたことをむやみに言いふらすような人ではないと信じます。

帰り際、反田さんはまた、垣根越しに手を伸ばして断りもなく木苺を一粒つまんでいきましたが、わたし、なんだか、反田さんに木苺を食べられることに、慣れてきてしまったような気がします。

*

反田さんと別れ、スノーウィに水と餌をあげて家に入ったわたしは、子供のころから使っている古い学習机の椅子(いす)に座り、読みかけの文庫本を開いて、中の栞を手に取りました。使い込まれた革製の栞です。

この栞は、先生のものでした。

先生が愛用していたそれを、わたしは、こっそり盗んでしまったのです。

卒業を間近に控えたある日、たまたま先生とふたりきりで研究室にいて、先生が淹れてくれたコーヒーをごちそうになっていました。偶然のめぐり合わせで得ることができた、わたしにとっては宝物のような時間でした。

先生の研究室は三階にあったので、学生たちの喧騒は遠く、窓の外には冬の終わりの曇り日の淡い夕映えが広がっていました。その儚いオレンジ色の光と芳しいコーヒーの香りに包まれていると、まるで世界には先生とわたししかいないような気がしました。

けれど一杯のコーヒーを飲み終わる間もなく先生に何かの用事で呼び出しが入り、先生はわたしに、「悪いね、そのコーヒー、ゆっくり飲んでいっていいよ。カップはそのまま置いといてくれれば、僕があとで洗うから」と言い置いて、研究室を出ていきました。

寄る辺ない気持ちで後ろ姿を見送って、ふとテーブルの上を見ると、窓から斜めに差し込む薄日にひっそりと照らされて、先生がいつも使っていた栞が、ぽつんと置かれていたのでした。

わたしはいつも先生を見ていましたから――先生の姿を、四六時中、目で追っていいましたから、栞を見ただけで、先生がその栞を挟んだ本を読んでいる姿が、目に浮かびました。いろんな場所で、いろんな本を読んでいる、先生の姿。ページをめくる、先生の仕草。その指先の、爪の形。記憶に刻むべき、なんでもないけれど大切な、いくつもの場面。

わたしの手は、いつのまにか栞に伸ばされていました。先生が触れていたものに、触れたかった。栞に染み込んだ先生の手の記憶に――先生の体温に触れたかった。そして、それを自分のものにしたかった……。

気がつくとわたしは、栞を胸に抱きしめていました。そしてそのまま、早鐘のように打つ胸を押さえて、逃げるように研究室をあとにしました。罪悪感と緊張感がもたらす奇妙な高揚に包まれて、わたしは恍惚としました。あのような恍惚を、後にも先にも、わたしは知りません。

ひとときの恍惚が去ったあと、わたしは、もちろん後悔しました。まだ卒業までしばらくはありましたから、その間に先生に返そうと――テーブルの上に置いたプリントに紛れ込んで間違って持ってきてしまったのだと言い訳しようと、何度も考えました。もう講義はないけれど先生に会う機会はきっとまだある、卒業式までには返そう、もしその機会がなければ卒業式に返そう、それでも返しそびれたら謝恩会場で返そう……そう考えているうちに、あの事故が起こりました。栞は、そのまま、先生の形見になりました。

栞を胸に抱きしめて、わたしはまた、少し涙ぐみました。そんな自分が情けなく、くちびるを噛んで涙を拭いました。

感傷や自己憐憫(れんびん)に浸っている場合ではありません。あの日、幻の祖母が言ったのです。『顔をあげて、しっかりと生きなさい』と。わたしにはそれができるはずだと——。

そう、わたしは大丈夫。大好きなお祖母ちゃんが育ててくれたわたしだもの。お祖母ちゃんがわたしを見守っていてくれるもの。

涙をこらえて顔をあげると、心の中で、祖母の面影が、励ますようにうなずきました。

そうして、懐かしい声が、もう一度、耳に蘇りました。

——蕭子。一番近くを探しなさい——

それは、先日、木苺のところで聞いた気がする言葉でした。

わたしは、はっとしました。先日はその言葉を、児童室を探せという意味だとしか思わなかったけれど、ふいに本当の意味に気づいたような気がしたのです。

〝一番近く〟——それは、自分自身。自分の、心の中。

（光也君だわ……！）

唐突に、思い浮かびました。

もうすぐ遠くに引っ越してしまう琴里ちゃんのことが好きだった光也君。好きだと言えずに意地悪ばかりしていた光也君。そんな光也君が、児童室の片隅に落ちていた、琴里ちゃんのトレードマークの髪飾りを見つけたとしたら？

だとしたら、あの日の光也君の、不可解な態度も腑に落ちます。

びっくりして、涙も引っ込みました。もし、光也君が髪飾りを持っているのなら、早くなんとかしないと！

だって、光也君は、琴里ちゃんの引っ越し先を知っているでしょうか？　ふたりは同じ御狩原南小学校の三年生で、児童室ではよく顔を合わせていたけれど、クラスが違うから、学校では、あまり接点がなかったのでは？　光也君は児童室でもあんな態度だったんだから、学校で本人やお友達に引っ越し先の住所を聞くなんてことが、できていたとは思えません。だから、明日までに返さないと、光也君は、きっと、琴里ちゃんに髪飾りを返せないままになってしまいます。そうしたら、琴里ちゃんも可哀想だし、光也君も、きっと、きっと、後悔すると思うのです。

でも……と、そこまで考えてから、思い当たりました。

もしそうだったとして、どうしたらいいのでしょう？　わたしに、何ができるというのでしょう。

わたしは、反田さんと違って光也君の友達でもなんでもなく、ただの図書館員です。光也君は、あれから児童室に来ていません。もし今日来ていたとしても、今度はわたしがいません。そして、琴里ちゃんの引っ越しは明日。だから、琴里ちゃんの引っ越しの前にわたしが光也君と直接会って話す機会は、もう、ないのです。光也君の電話番号は、当然利用者登録してあるのだから館で調べればわかりますが、今日は出勤日じゃないし、そうでなくとも、利用者の電話番号を勝手に調べて個人的に連絡を取るなんて、していいはずがありません。これが琴里ちゃんだったら、落とし物が届けられた場合は連絡するからとあらかじめ本人の了承を得ているので、もし髪飾りが見つかったのなら電話できるのですが……。

じゃあ、光也君に髪飾りを返してもらった上で、わたしから琴里ちゃんに『図書館で見つかった』と連絡を入れるのは？

でも、そのためには、そもそも、光也君と連絡を取って、もし持っていたら髪飾りを返してもらう必要があるわけで……。手詰まりです。

しかも、光也君が髪飾りを持っているというのは、単なるわたしの想像で、本当にそうかどうかもわかりません。もし違ったら、何の証拠もなく光也君を疑ったことになってしまいます。光也君の親や友達であれば、確証はなくても本人のためを思って探りを入れてみることができるでしょうが、わたしは、立場上、光也君を問い詰めることができません。

そう、わたし、なんだかこの件に妙に思い入れしてしまっていますが、よくよく考えて見れば、これは、図書館で日ごろからよくあるちょっとした落とし物、失くし物のひとつにすぎないのです。財布やキャッシュカードなどの貴重品ならともかく、子供の髪飾りや玩具くらいなら、職員が偶然見つけたり誰かが拾ってくれれば連絡して返却する、出てこなければそれまで……というのが通常の対応なのです。

でも、それでも……。

わたしは、琴里ちゃんの髪飾りと、光也君のことが気になります。

琴里ちゃんの髪飾りについては、それがお祖母様にもらったものだからという理由で。

光也君については、かつてのわたしが同じことをしてしまったから……。

もしもわたしが、光也君にとって、ただの〝児童室のお姉さん〟ではなく、反田さんのように、歳の差はあるけれど個人的なお友達であったなら……。

……反田さん？　そう、反田さんなら、個人的な友人として、光也君に事情を聞いてみることができるのでは？

わたしは立場上動けなくて、何もできないけれど、反田さんにわたしの想像を話して反田さんもそうかもしれないと思ってくれたら、反田さんが、あの行動力と、光也君との個人的な繋がりで、なんとかしてくれるかもしれません。

でも、反田さんも、もう帰ってしまいました。次に会えるのはいつでしょうか。夕方の犬の散歩では、会えるかもしれません。でも、もし夕方になって反田さんに会えたとしても、それから光也君に連絡をとって、もし光也君が髪飾りを持っていたら返してもらって、それを琴里ちゃんの家に……と考えると、琴里ちゃんの引っ越しに間に合わないかもしれません。

一瞬、今から走って追いかけたら家に帰る途中の反田さんに追いつけるかしらと思い、古い柱時計に目をやりましたが、あれから、けっこう時間がたっています。たぶん、反田さんは、もう家に着いているでしょう。

もう、わたしに打つ手はないのでしょうか……。もともとわたしがでしゃばるようなことではないのですし。

でも、今、何もせずに引き下がってしまったら、わたし、後悔するような気がします。今のわたしにできるのは反田さんを頼ることだけですが、せめて、反田さんに連絡を入れて、わたしの想像を話して、ふたりで相談してみるだけでも……。ここに座ったまま、ただ諦めてしまうのなんて、いくらわたしでも、さすがにヘタレすぎます！　ほんの少しだけでも、反田さんの行動力を見習わねば！

反田さんに電話番号を聞いたことはないけれど、反田さんの家はお店屋さんですから、当然、電話帳に電話番号が載っているはずです。

普通なら、本人から教えてもらっていない番号にいきなり電話するなんてありえませんが、お店屋さんの電話番号なんだから、反田さんも、わたしが知っていたからといって変に思ったりはしないでしょう。何しろ、レシートにだって印刷してあるはずですから。

わたしは思いきって立ち上がり、電話台の下から電話帳を引っ張りだして、反田洋品店の電話番号を調べました。

プッシュボタンに指を伸ばして、また少し、ためらいました。反田さん、自分から教えてもいない番号にわたしが突然電話してきたら、やっぱり厚かましいと思わないかしら、ご迷惑じゃないかしら……と。

いいえ、ためらっている場合じゃありません。わたし、せめて反田さんに相談しようと決心したんだから。このまま何もせずに終わるのは嫌だと思ったんだから。

でも、電話をしたら、誰が出るでしょうか。反田さんご本人ならいいけれど、ご家族が出る可能性が高いですよね。そうしたら、わたし、なんて言えばいいでしょう。いきなり司と名乗っても、あちらはわたしのことなんか知らないんだから、『誰だろう』と怪訝（けげん）に思うかもしれません。用件は聞かれるかしら。それとも、反田さんをお願いしますと言えば、何も聞かずに繋いでもらえるかしら。

というか、よく考えてみれば、反田さんのご家族は、たぶん全員〝反田さん〟じゃないですか！『次男さんをお願いします』というのも変だし、ちゃんとお名前を言わなくては。反田さんの下のお名前は、たしか、貞二（ていじ）さんです。図書館のカードに書いてありました。でも、『貞二さんをお願いします』というのは、なんとなく気恥ずかしいような……。いえいえ、そんなはずはありません。普通ですよね。図書館からリクエスト本確保などの連絡をするときだって、ご家族が出たら、そう言います。ただ、今は図書館からの業務連絡ではなく、個人的な電話で、単にわたしがそういうことに慣れていないから照れくさいような気がするだけ。それだけです……。

そんなふうに、しばらくぐるぐる考えて、ご家族が電話に出た場合に何と言うかを頭の中で何度もシミュレートして、思いきって電話番号をプッシュしました。

どうしましょう、なんだかドキドキします……。

すっかりご家族が出るだろうと思い込んで覚悟していたので、いきなりご本人が出て、それはそれで動転してしまい、とっさに、「あ、あのっ……！」などと、上ずった声を出してしまいました。なんとか気を取り直して「司です」と名乗ると、反田さんも、「えっ？　あ？　司書子さん!?」と、声を裏返します。

驚かれはしても、わたしが電話番号を知っていることや電話をしたことを不快に思われはしなかったようです。

「どうしたんですか？」とわたしに問う声が、心なしか弾んで聞こえました。

それに力を得て、わたしの仮説をお話しすると、反田さんは「きっとそうだ！」と叫び、すぐに光也に電話するから、と、大あわての様子で、いったん電話を切りました。

とりあえず肩の荷を下ろした気持ちで朝食の後片付けなどをしていると、しばらくして、反田さんから、息せき切るような声で電話がかかってきました。やはり、光也君が髪飾りを持っていたとのこと。児童室に落ちていたのを、ついポケットに隠してしまい、返したいと思いつつ言い出せなくなってしまったとのこと。それを、反田さんが説得して、返しに行って謝る決心をしたとのこと。

ああ、よかった。琴里ちゃんも髪飾りを取り戻すことができるし、光也君も、琴里ちゃんが許してくれてもくれなくても、少なくとも、ずっと後ろめたい想いを抱え続けずには済むでしょう。これでもう、一件落着は時間の問題ですね。

……そう思ったところに、突然言われました。

「司書子さん！　今日、お休みですよね？　今から何か用事ありますか？」

「えっ……？　特には……」

「良かった！　じゃあ、司書子さんも一緒に来てください！　琴里ちゃんの引っ越し、明日だと思ってたら、今日に変更になってたそうなんです。光也と一緒に今からそちらに向かいますから」

……えっ、えっ、わたしも？　わたしが光也君と反田さんと一緒に琴里ちゃんの家に行くの？　どういうこと？　なぜわたしまで行く必要が？

少し動転しましたが、さいわい、朝の家事も身支度もひととおり終わっているし、出かけられない理由は特にありません。なんだかわからないけど、乗りかかった船です！

……それに、わたしも、光也君と琴里ちゃんの顚末を見届けたいですし。

＊

光也君の案内で琴里ちゃんの家に向かいながら、反田さんが話してくれました。

「光也はね、自分で、琴里ちゃんに正直に話して謝るって決めたんですよ。『どうしてもそうする勇気がなければ、髪飾りだけ、司書子さんが図書館で見つけたことにして司書子さんから返してもらう手もあるぞ』って逃げ道を示してやったんですけどね。光也は、それを良しとしなかったんです。ちゃんと自分で謝って返すって。な、光也」

顔をあげた光也君は、黙ってうなずきました。眼鏡の向こうのつぶらな瞳に、決然とした色が浮かんでいます。


古い住宅街をしばらく歩いて、角を曲がると、その先に大きなトラックが止まっていて、ちょうど動き出したところでした。狭い道が入り組んだこの辺の住宅街に、あんなに大きなトラックが入ってくるのは珍しいです。案の定、次の角を一度で曲がれず、切り返したりして、苦労している様子です。道幅ぎりぎりで危なっかしく角を曲がってゆくトラックを路肩に寄ってやり過ごすと、さっきまでトラックがいたあたりに、垣根に赤いバラが咲くお家があって、そこが琴里ちゃんのお家でした。

……が、光也君が呼び鈴を押しても、誰も出てきません。

「タンテイさん、どうしよう。いないのかな？」

「もう一度押してみろ」

「うん」

などと、門の前でごたごたしていると、隣の庭で芝生の手入れをしていたおばさんが顔をあげ、

「高村さんなら、今日でお引っ越しよ。今さっき、荷物のトラックが、あっちに走っていったけど？」と指さして教えてくれました。

そういえば、さっきのトラックには、よく見かける引っ越し会社のロゴが入っていました。

「あーっ、あのトラック!!」

反田さんと光也君が同時に叫んで、光也君は、いきなりトラックが去っていったほうに走りだしました。

気持ちはわかるけど、いくら今行ったばかりだからといって、人間の足でトラックに追いつけるわけがありません。

反田さんは光也君の後ろ姿に向かって叫びました。

「光也、そっちじゃない、こっち！　こっち！　ついてこい！」

そして、急いでお隣さんにお礼を言うと、

「司書子さんも、こっち！　早く！　走って！」と叫んで、光也君とは反対の方角に走りだしました。

「どうしたんですか、なんでそっち!?」

「近道ですよ！　あのトラック、とりあえずは確実に花野通り(はなのどお)りに出るでしょ？　近道して先回りします！」

言われて納得しました。この辺の道路は、古くからの住宅地の常で、一方通行や行き止まりや大型車の通行規制だらけで、歩けばどうということはなくても、車では――しかも大きめのトラックならなおさら、大通りに出るために迂回(うかい)しなければならない箇所が多いのです。この辺の地理を詳しく知っているらしい反田さんは、この場所から走り去ったトラックがどこから大通りに出ようとするかを予測したのでしょう。それなら、人間のほうが車より早い可能性もあります。

追いついてきた光也君も、近道と聞いて、ますます必死で走りだし、わたしたちはたちまち追いぬかれました……というか、追いぬかれたのはわたしで、反田さんはわたしを待って足をやや緩めてくれているようです。

「行け、光也、走れ！　その先を右、次を左だ！」

反田さんは光也君に指示しながらわたしを振り返りました。

「司書子さん、足、遅いよ！」

わたし、自慢じゃないけど、足は、ものすごく遅いのです。子供のころ、運動会の徒競走で万年ビリだったのが辛い想い出で、大人になってからは走るのが遅くて困ることなど別になくて助かると思っていたのに、なぜ、今、いい大人が、こんなところをこんなふうに、男子小学生と一緒になって全力疾走するはめに……？

よろよろと追いかけていると、反田さんが、リレーのバトンを受け取るみたいに後ろ向きに手を伸ばして叫びました。

「手！」

「はっ、はい？」

「手、繋いで！」

言いながら、反田さんが、がっしとわたしの手首をつかみました。勢いでよろけたわたしを引っ張るように走りだします。反田さん、速すぎ！　わたし、転びそうです！

「急げ、司書子さん、がんばれ！」

「はいっ！」

「光也、そこ、左に入れ！」

先を行く光也君に声をかけながら、一瞬遅れて、反田さんとわたしも、道というより家と家との隙間としか思えないような細い路地に飛び込み、必死で駆け抜けました。植木鉢に水をやっていたおばあさんが、如雨露（じょうろ）を手に、目を丸くしてわたしたちを見送っています。

それからも、あっちに曲がり、こっちを抜けと、反田さんの力強い手に引っ張られて、引きずられるみたいに走りまわりました。もう、心臓が破れそうです！　こんなに走ったのは生まれてはじめて！

若さで先行していた光也君も、道がわからないので、結局、いつのまにかわたしと並んで走っていました。

やがて、車止めのある細道から、花野通りに出ました。そのまま歩道を、車の進行方向とは逆向きに走りだします。反田さんが予測しているトラックの合流箇所は、そっちらしいです。片側二車線の花野通りには中央分離帯があり、脇道から出てきた車は、最終的にどちら方面に向かうにせよ、とりあえずはいったんこちらに向かって走ってくるはずなのです。

そのとき、反田さんが道路を指さし、声をあげました。

「ああッ！」

顔をあげると、向こうから走ってきた例のトラックが、目の前を走り過ぎたところでした。

反田さんは、靴底が焦げるのではないかという勢いで急停止し、いきなり手をあげて、ちょうどやってきたタクシーを呼び止めました。なるほど！　それなら追いつけるかも！

「司書子さん、乗って、乗って！　光也も！」

反田さんに座席に押し込まれながら、わたしはとっさに運転手さんに叫びました。

「あの車を追ってください！」

まさか本当に、わたしがこの台詞を言う日が来るなんて！

「は？」

ぽかんとする運転手さんに、あとから乗り込んだ反田さんが補足しました。

「あの、引っ越し会社のトラックです！　すみませんが、お願いします！　ただし交通ルール遵守の範囲で！」

運転手さんは、怪訝な顔をしながらも、何度か車線変更をして、危なげのない運転で、徐々にトラックの数台後ろまで迫ってくれました。

けれど、追いつけるかと思ったところで国道との交差点にさしかかり、トラックは右折して国道に入っていきました。わたしたちのタクシーもあとに続こうとしたのですが、運悪く対向車が連なってやってきて、列が切れるのをじりじりしながら待つはめになりました。しかも、対向車の中には、交差点を左折して国道に入ってゆく車も多く、せっかく詰めたトラックとの間に、またたくさんの車が割り込んで、わたしたちは、トラックの後ろ姿を見失ってしまいました。

ウィンカーがカチカチいう無情な音を聞きながらやきもきしているうちに、やっと対向車が途切れ、なんとか信号に間に合って国道に入ります。見失ってしまったトラックが、まだどこかにいてくれるといいのですが……。

きょろきょろと前方や隣車線を目で探しながら走っていると、いました、引っ越しトラック！　隣の車線に！

タクシーが、車の流れに乗って、左車線を走るトラックを追い抜きます。

運転手さんに断って窓を開け、助手席にいる反田さんとその後ろの光也君が、トラックに向かって手を振りまわしながら呼びかけます。

「琴里ちゃーん！」

「すいません、そこのトラック、ちょっとすいません！」

が、トラックの運転手さんは、窓を閉めているので気づかないようです。

ああ、どうしましょう……。トラックに追いつけばなんとかなるような気がしていましたが、こんなふうに、お互いに走っている車の中にいては、並走していても話なんかできないじゃないですか。トラックの運転手さん、お願い、気づいて……。わたしは両手をぎゅっと握りしめて、心の中で祈りました。

トラックとタクシーは、後になり先になり、何度もすれちがいます。そのたびに、反田さんと光也君が、トラックの窓に向かって必死で手を振り、声を張りあげます。タクシーの運転手さんも状況を察して、「お客さん、窓から手や顔を出さないでくださいよ」と牽制（けんせい）しながらも、なるべくトラックに速度を合わせてくれているようです。

何度目かで、トラックの運転手さんが窓の向こうでこちらに顔を向け、怪訝そうに見下ろしてきました。

でも、まさか自分が呼びかけられているとは思わなかったのでしょう、ちょっと首をひねったきり、また前に顔を戻してしまいました。

と、そのとき、前方の信号が赤になって、トラックもタクシーも停車しました。ちょうど良く、トラックの真横です！

反田さんが、トラックの窓に向かって声を張りあげながら、向こうと自分を交互に指さし、窓を開けろというような手真似をしてみせました。

トラックの運転手さんもさすがに自分が声をかけられているのだと気づいたらしく、窓を開けて顔を出します。

「すみません、そちらの車に高村さんは乗ってますか!?」

たぶん反田さんの言葉が聞き取れなかったのでしょう、思いっきり不審そうなトラックの運転手さん。

「ああ？　なんですか？」

反田さんが、とうとう窓から身を乗り出し、声を張り上げます。

「すみません!!　その車に！　高村さん！　乗ってますか？」

「はあ？　……荷主様のことだったら、乗ってませんよ！　この車は貨物専用ですから！」

「そうですか、すみません、ありがとうございました……」

窓から頭を引っ込めながら、反田さんの声が力をなくして小さく消えました。

後ろで光也君が、がっくりとうなだれます。

タクシーの運転手さんも事情を察したようで、「お客さん、窓から顔を出したら困りますよ」と反田さんにお説教しながらも、声は同情的です。ああ、この方には大変お世話になりました……。わたしたち、迷惑な客でしたね。ごめんなさい。

*

それからわたしたちは、タクシーに元の場所に引き返してもらいました。反田さんが、迷惑をかけたし近距離で申し訳なかったからと、運転手さんの辞退を押し切って料金を少し多めに渡していたようです。わたしは今、小銭しか持っていないので、このタクシー代はあとで反田さんに半分払わなくては。

さっき走り抜けた道を、今度はとぼとぼと歩いて戻ります。光也君は、肩を落として黙りこくっています。

琴里ちゃんの家の前を通り過ぎようとしたとき、反田さんが声をあげました。

「あれ!?　光也、見ろ、車があるぞ！」

「あっ、ほんとだ！」

さっきは空っぽだったカーポートに、紺色の乗用車が止まっています。

「もしかして、戻ってきてる……？」

光也君と反田さんは顔を見合わせ、わたしたちは門の中を覗き込みました。カーテンもなくなった、がらんとした窓の向こうで、何か、人影が動いたような……？

「おい、光也、ピンポン押してみろ！」

「うんっ！」

そのとき。

「どなた？」

声と同時に、開けっ放しの玄関から、いきなりひょいっと女の人の顔が覗きました。見覚えのある、琴里ちゃんのお母さんでした。

琴里ちゃんたちは、荷物の積み込みに立ち会ったあと、遅めの朝食と昼食を兼ねた食事に行き、ちょうど今、最後の手回り品を自家用車に積み込むために、もう一度戻ってきたところだったのでした。ご近所さんへのご挨拶は朝のうちに済ませてあったため、お隣さんも、琴里ちゃんたちはもう出発してしまったと思っていたらしいです。

光也君は、玄関先で琴里ちゃんと向き合ったまま、もじもじとうつむいて、黙ってしまいました。

反田さんとわたしは、その様子を、後ろからやきもきしながら見守ります。琴里ちゃんのお父さんお母さんも、反田さんが手短に事情を説明したので、にこにことふたりを見守ってくれています。

「ほら、光也」

光也君があんまりいつまでも黙っているので、反田さんが小さい声で言い、光也君の背中を小突きました。

「う、うん……。あの……っ、琴里ちゃん！」

「……なに？」

「あの……ごめんね。琴里ちゃんの髪飾り、オレが持ってたんだ。返すよ」

「……なんで光也君が？」

「児童室で拾った」

「じゃあ、なんで、探してるときにすぐ言ってくれなかったの？」

それまでただ怪訝そうだった琴里ちゃんの声が、少し尖(とが)ります。それはそうですよね、あんなに一所懸命探していたのを、光也君もそばで見ていたんだから。

「ごめん。言おうと思ったけど、言えなかったんだ……。ほんとに、ごめん。……琴里ちゃんが一所懸命探してるから、返したいと思ったけど、でも、いまさら持ってるって言い出せなくて……。ごめんなさい！　許してください！」

光也君は、深く深く頭を下げました。そのまま、固まっています。

わたしたちは固唾をのんで琴里ちゃんを見守りました。許すかどうかは琴里ちゃんの気持ちの問題ですから、大人は口を出せません。

琴里ちゃんは、じっと光也君を見下ろして、何か考えている様子です。

それから、ゆっくりと言いました。

「……なんでそんなことしたの？　光也君、髪飾りなんか使わないでしょ」

「オレ……、オレ……。この髪飾り、琴里ちゃんが、いつもしてたから。だから、欲しかったんだ」

「なんで？　どうして？」

「……オレ、琴里ちゃんのこと、忘れたくなかったから！　これ見たら、いつでも琴里ちゃんのこと、思い出せると思ったから……」

うつむいたままの光也君の目から、涙が落ちて、三和土を濡らしました。

「……でも、ごめん！　ほんとにごめん！　返すから！」

光也君は、袖口で涙を拭うと顔をあげ、ポケットから、握りしめてくしゃくしゃになった封筒を取り出して、琴里ちゃんに差し出しました。琴里ちゃんは、手を出しません。

そのまま、無言で向き合うふたり。

しばらくして、琴里ちゃんが、ぽつりと言いました。

「いいよ。それ、あげる」

「えっ？」

「お祖母ちゃんが、新しいのを作ってくれたから。ほら」と、自分の頭を指さして。

前のものとはちょっと違うけどやっぱり可愛い、ちりめん細工の髪飾りが、ちょこんと留まっています。

「だから、それはあげる。転校の記念のプレゼントに」

横から、お母さんがにこにこと言葉を添えました。

「光也君、琴里はね、お友達みんなに、可愛い鉛筆と消しゴムを買って配ったのよ。お友達が記念のプレゼントくれたから、そのお返しに。でも、鉛筆とかはもう全部あげちゃって残ってないから、光也君には、かわりにそれを、ね。ねえ、琴里？」

「うん」

「……ありがとう。でも、オレ、琴里ちゃんに何もプレゼントしてないよ？」

「いいよ、別に。今まで仲良くしてくれたお礼だから」

「でも……。今から何か、プレゼントしてもいい？」

「だって、もう、すぐ出発しちゃうから……」

「じゃあ、プレゼント買って、あとで送ってもいい？」

「……いいよ。でも、高いものはダメだよ。ひとり二百円以内だからね」

「他のお友達も、みんなそうしてもらったのよ」と、お母さん。

お母さんが、引っ越し先の住所をメモ用紙に書いて、光也君に渡してくれました。

「……あの、琴里ちゃん。転校しても、元気でね」

「うん。ありがとう。光也君もね」

「南小（みなみ）のこと、忘れないでね」

「うん。忘れないよ」

それまであまり表情を変えなかった琴里ちゃんが、ふと顔をあげて、にっこりと笑いました。

「忘れないよ。南小のことも、みんなのことも、児童室のことも、光也君のことも。あとタンテイさんと、図書館のお姉さんのことも。ぜんぶ、ずっと、大事な想い出だよ」

大人たちがふたりの頭越しに安堵（あんど）のほほえみをかわす中、光也君は、突然なかなかの大胆さを発揮しました。

「あのさ……琴里ちゃん、スマホ持ってる？」

「うん」

「メッセージ送っていい？」

「……うん」

「ＩＤ教えて？」

「うん」

ふたりは、お互いのスマートフォンを取り出して、メッセンジャーアプリのＩＤ交換を始めました。……まあ、生意気。

＊

光也君と別れて反田さんとふたりで帰る道すがら、反田さんが突然、

「ああ～っ」と大きな声を出しました。

いったい何事かと思ったら、

「腹減ったぁ～！」と、大げさにお腹(なか)を押さえて肩を落とし、今にも空腹で死にそうと

言わんばかりの哀れっぽい雰囲気を醸しだしながら、すぐ先のコンビニを指さします。

「司書子さん、ちょっとそこのコンビニで菓子パンでも買って」と、今度は道の反対側の児童公園を指さして、「そこの公園で食べていきませんか?」

「えっ……?」

たしかにそろそろお昼時ですが、これから家に帰るんだし、わざわざこんなところで食べなくても……。

そう思いましたが、反田さんに、

「俺、朝飯食ってないんですよ」と、情けない声で言われて、はっとしました。

わたしはいつもの習慣で朝食を食べてから犬の散歩に行きましたが、反田さんは、食事の前に散歩に行く人だったのですね。そして今朝は、家に戻ったとたんにわたしから電話があって、そのままバタバタと家を出てきてしまったのでしょう。つまり、反田さんは、わたしのせいで朝ご飯を食べそびれたのです。それなのに、わたし、自分は食べてきたからといって、反田さんが朝食を食べたかどうか、気にかけもしなかったなんて……。

「反田さん、朝ご飯、まだだったんですね……。気がつかなくてごめんなさい」

「いや、別に司書子さんが謝ることじゃないですが、でも、喉もかわいたし、ちょっと付き合ってください」

そう言って、反田さんは、ずいずいとコンビニに入っていきました。わたしもあわてて後を追います。


コンビニで買った菓子パンと飲み物を手に、児童公園のベンチに腰掛けました。小さな滑り台と動物の形の遊具がぽつんと置いてあるだけの、小さな小さな公園です。

反田さんは、腰を下ろすなりペットボトルの蓋を開け、反らした喉の喉仏を大きく上下させて、ごくごくとスポーツドリンクを飲みはじめました。

あまりの早飲みにあっけにとられて見とれていると、ペットボトルはたちまち空になり、反田さんは、ほがらかに笑いました。

「ああー、生き返った！　走りすぎて喉がからからだったんですよぉ」

たしかに、初夏の陽気の中、さんざん走り回ったあとですから、わたしも喉がかわいていました。手にしたオレンジジュースに口をつければ、さわやかな甘酸っぱさが、かわいた喉にしみわたります。あまりのおいしさに、どこのメーカーの製品かしらと思わずラベルを見直しましたが、別に珍しい銘柄ではなく、単に喉がかわいていたから特別おいしく感じただけのようです。

その間に反田さんは、傍らにあった自販機で缶コーヒーを買って戻り、オレンジジュースのラベルをしげしげと眺めているわたしを見て笑いました。

「司書子さんも、喉、かわいてたでしょう。ずいぶん走りましたからねえ」

隣に座りなおした反田さんは、缶コーヒーのプルタブを開け、袋から取り出したあんパンに、大口を開けてかぶりつきました。

「本当に。大人になってから、こんなに走ったのははじめてかもです。反田さん、足、速いですね」

そう言うと、反田さんは、あんパン片手に胸を張りました。

「まあね。御狩原ホワイトラビッツの盗塁王と言われてますから！」

御狩原ホワイトラビッツというのは、反田さんが所属している草野球チームの名前です。

わたしはオレンジジュースの缶を手に首をかしげました。

「それにしても、わたしたち、なんであんなに走ったんでしょうね。冷静に考えてみれば、誰かひとりだけならまだしも、家族全員が荷物と一緒にトラックに乗ってるなんてことは、まずなかったでしょうに……」

それなのに光也君がトラックに琴里ちゃんが乗っていると思い込み、わたしたちもついつそれにつられてしまったのは、漫画やアニメなどで、よくそういうシーンがあるからかもしれませんね。引っ越してゆく友達がトラックの窓から手を振る、というようような。

わたしの言葉に、反田さんもうなずきました。

「あのときは、何か、あのトラックに追いつけばなんとかなるみたいな気がしちゃってたんですよね……。たぶん、光也が走りだしたからですね。あの勢いに、つられちゃったんですよ」

「反田さんは、抜け道を指示したり、タクシーの運転手さんに交通ルール遵守でと言ったりして、ずいぶん冷静で、すごいなと思ったんですけど……」

「ところが、根本的なところが冷静じゃなかったんですねえ。光也のこと笑えないや」

肩をすくめてくつくつと笑う反田さん。

それを見ていたら、わたしも、おかしさがこみあげてきました。あの、わけのわからない右往左往は、いったい何だったんでしょう……。

「それにしても、光也君の全力疾走はすごかったですよね」

言いながら、くすくす笑いがとまりません。全力疾走したり、タクシーでトラックを追いかけたりと、いつも静かな休日を過ごしているわたしにとっては思いもよらないような大冒険をしたから、気が昂ぶっているのでしょうか。

「そりゃあ、あの場合、走るでしょう。たとえ追いつけないとわかっていても、走らずにはいられないでしょうよ。もう会えないかもしれない好きな女の子が乗っていると思えば、トラックだろうと電車だろうと、それどころか飛行機だろうとロケットだろうと走って追いかけますよ。それが青春ですよ！」

反田さんが、かじりかけのあんパンを振り回して力説します。

「光也君、そんなに琴里ちゃんのことが好きだったんなら、つまらない意地悪なんかしないで、もっと普段から仲良くしてればよかったのに」

「まったくですね。好きな女の子には意地悪するんじゃなくてやさしくするんだぞって、俺が人生の先輩として、よくよく教えときますよ」

そう言ってあんパンの残りを口に放り込んだ反田さんに、ふと思いたって尋ねてみました。

「反田さんも小学生のころは、好きな女の子に意地悪したりしたんですか？」

わたしは小学校一年生から、反田さんは生まれたときから今の場所に住んでいますが、うちのあたりと商店街では小学校の校区が違うので、わたしは子供時代の反田さんを知らないのです。

最後のあんパンをもぐもぐと飲みくだした反田さんは、

「いや、俺はそんなことしませんでしたよ！」と、おどけて威張りました。

「俺は小学生のころから紳士でしたからね！　好きな女の子にはいつもやさしくしてましたよ。司書子さんにも、俺、やさしいでしょ？」

そう言って、にっこりします。

「え？　あ、はい。いつも大変良くしていただいて、ありがとうございます」

お礼を言うと、反田さんは、なぜか吹き出しました。

「司書子さんは素直だなあ……」

わたし、何か変なことを言ったでしょうか。反田さんには、実際、とても親切にしていただいていますから、正直に、思ったとおりにお礼を言ったまでなのですが。

そのとき、急に、通りすがりの人に声をかけられました。

「あれっ？　よお、タンテイ！」

知らない男の人が、反田さんに向かって片手をあげています。

「おっ？　おう」

反田さんも片手をあげて挨拶を返します。反田さんのお知り合いのようなので、わたしも軽く目礼しておきました。

男の人はわたしに目礼を返しながら近寄ってきて、反田さんに向かってニヤニヤと声をひそめました。近くにいますから、声をひそめたって、わたしにも十分聞こえますけれど。

「なんだよ、美人と一緒じゃん。彼女かぁ？」

「バカ、違ぇよ、失礼なこと言うなよ！　市立図書館の司書さんだよ！」

「……あ、そう」

男の人は、そう答えながら、釈然としない顔で、ちょっと首をひねりました。

ただのご近所さんであるわたしと反田さんが、こうしてふたりきりで公園のベンチに並んで座っているのには、話せば長い事情があるわけですが、本当に話せば長くて、知らない人に説明するのは難しいです……。

落ち着かない気持ちでみじろぎしてベンチの一番端まで移動し、もともとだいぶ離れていた反田さんとの間をさらに開けました。

男の人はあらためてわたしに「ども」と会釈(えしゃく)をすると、反田さんに向かって、「じゃな、タンテイ」と、わたしには「じゃ、ごゆっくり」と、言葉を残して去っていきました。

後ろ姿を見送るわたしに、反田さんが苦笑しながら教えてくれました。

「なんか失礼なヤツですみませんね。小学校の同級生です」

「そうなんですか。反田さん、そのころから探偵小説好きで有名だったんですか？」

そういえば、反田さんは、小学生のころ、『少年探偵団』シリーズが好きだったそうですし。

でも、反田さんは、「は？」と首をかしげました。

「だって、あの人も反田さんのこと〝タンテイ〟って。探偵小説が好きだから、そういうあだ名がついたのかと思ってたんですけど……」

「ああ！」と、反田さんは笑いました。

「まあ、それもあるけど、俺の名前。知ってるでしょ？　貞二って言うんです。タンダ・テイジで、タンテイ」

「ああ……」

「貞二なんて年寄りくさい名前ですよねぇ。実際、母方のじいさんの名前から一文字もらって付けられたんですけどね」

「いいえ、良いお名前だと思います！」

わたしは思わず力説してしまいました。

「わたしの尊敬する翻訳家の方と、同じお名前です！」

「瀬田貞二、ですか？」

　まさか反田さんの口からその名前が出てくるとは思っていなかったので、驚いて声をあげてしまいました。

「そうそう、そうです！　瀬田貞二さん！　ご存じなんですか？」

「知ってますよぉ。『ナルニア国物語』の訳の人ですよね。俺、子供のころ、本が好きだったって言ったでしょう？　好きだったんですよ、ナルニア」

「まあ！」

　まさか反田さんがナルニアを好きだったなんて……。同志を発見した喜びに、胸が高鳴ります。

　反田さんは懐かしそうに言いました。

「子供のころだから翻訳がどうとかは考えなかったけど、たまたま自分と同じ名前ってことで訳者の名前も印象に残ってましてね。あの翻訳が、今考えると、当時としても古くさくてねえ……。でも、今にして思えば、そこがよかったんですよね」

「そうそう、そうなんですよね！　あの古めかしさのおかげで、いかにもファンタジーらしい、異世界らしい味わいがあって、独特の雰囲気が出てると思うんです！」

　思わず、熱く語ってしまいました。はたと気づいて自分の熱弁が気恥ずかしくなりま

したが、

「たしかに。人の名前とか地名とかも、ちょっと独特でしたねえ。急に日本語の名前が出てきたりして」という反田さんの次の言葉に、また反応せずにはいられません。

「〝泥足にがえもん〟とか、〝巨人ごろごろ八郎太〟とか？」

「そうそう、それそれ!!　〝ごろごろ八郎太〟！」と、反田さんは手を打って笑いました。

「何なんですかねえ、〝ごろごろ八郎太〟って。なんで外国のお話なのに〝八郎太〟なんだと変に思いながらも、好きでしたね、あの名前。なんか愉快な感じで」

「そうなんですよね、〝ピーター〟とか〝ルーシー〟とか〝カスピアン〟とかのカタカナ名前に混じって、なぜか突然、〝八郎太〟……。あれはわたしも変だと思いましたけど、でも、わたしも好きでした」

「気が合いますね！」

「ほんとに！　『指輪物語』でも、そうですよね。〝ストライダー〟が〝馳夫（はせお）〟とか。外国っぽい世界なのに、なぜ〝馳夫〟……って」

「それが、俺、実は『指輪物語』は読んでないんですよ」

「えっ、そうなんですか？」

ナルニアが好きと聞いて、てっきり指輪も……と勘違いして引き合いに出してしまいましたが、反田さんは子供のころにナルニアが好きだったというだけで、別にディープなファンタジー・マニアというわけではありませんものね。同好の士を見つけた興奮のあまり、つい暴走してしまいました。マニアの悪いところです。

反田さんは、

「だって、あれ、長いでしょ？」と、困ったように笑いました。

「それに、ナルニアよりちょっと難しいじゃないですか。俺が本をよく読んでたのは小学校までなんですよね。中学で野球部に入ったら、本を読んでるひまがなくなりましてね。それからもずっと、受験だの遊びだのバイトだの、いろんなことで忙しくて、そのまま大人になりまして。最近、たまたま図書館に行く機会があって、それ以来また本を読むようになって、図書館の棚に『指輪物語』があるのを通りがかりに見て、そういえば読んでないなあとは思ったんですけど、あまりに大作なので、借りても返却期限までに読み終われる自信がなくて、手が出ないままになってるんですよ」

今、書架に出ているのは全十冊の文庫版で、一冊一冊はそう特別分厚くもないのですが、冊数が多いので、たしかに、ぱっと見て尻込みする人もいるかもしれません。

「まあ……。延長もできますよ？」

「そうですけど、それも間に合わなかったら嫌だなあ、なんて」

そうですよね。図書館の本に返却期限があるのはしかたのないことですが、忙しい社会人にとっては、二週間とか四週間で返さなければならないというのは、たしかにハードルが高いときもあるかもしれません。

図書館員としてではなく『指輪物語』を愛するもののひとりとして、これから『指輪物語』を読む人に、返却期限など気にせずゆっくり『指輪物語』の世界を楽しんでほしいという気持ちが湧き上がってきました。反田さんには、フロドたちと一緒に、ゆっくりと歩く速度で中つ国（なかつくに）を旅してほしいのです。ゆっくりと歩いてこそ、見える景色がありますから。

だから、とっさに言ってしまいました。

「だったら、わたしのを、お貸ししましょうか？」

「えっ？」

「あ、もし良かったら、ですけど……。それなら、返却期限はありませんから」

「ほんとですか！　うれしいなあ！　ありがとうございます！」

反田さんが思いがけないほど喜んでくれたので、わたしもうれしくなってしまいました。本の貸し借りだなんて、なんだか学生時代に戻ったよう。

ふんわりと心が温まるような思いにひたる間もなく、反田さんが、飲み終えたコーヒーの缶を握りつぶしながら、すっくと立ち上がりました。

「よしっ！　善は急げだ。今からお宅に借りに行っていいですか？」

急な話で少し驚きましたが、ここからだとわたしの家はどうせ反田さんの帰り道の途中になりますし、先ほどのタクシー代も精算したいので、たしかに、立ち寄ってもらうと都合がいいかもしれません。それにわたしも、同じ本を好きな仲間が増えるかもしれないと思うと、なんだか少し、心がはやってしまったのでした。

＊

公園で飲み物を飲んだばかりではありますが、せっかくわざわざ寄っていただいたので、反田さんに、縁側でお茶をお出ししました。そういえば、祖母も、この縁側で、ご近所さんから通りすがりのセールスマンまで、いろんな人に気軽にお茶を出していたものです。祖母が亡くなってからは、そういう機会もすっかり途絶えていましたが……。

ふたりで縁側に腰掛け、庭を見ながらお茶を飲んでいると、なんだか不思議な気がしました。単なる図書館の利用者のひとりでしかなかった反田さんと、こんなふうに自宅の縁側でお茶を飲むことになるなんて、ちょっと前まで、まったく思ってもみなかったのに。

　反田さんは、うれしそうにあたりを見回して、両手をあげて伸びをしました。

「ああ、いいなあ……。何か懐かしい感じのお庭ですよねえ。派手じゃないけど、和むというか、ほっとするというか、なんかこの中だけ時間の流れが違いそうな。こないだからずっと垣根越しに眺めてて、良いお庭だなあ、一度ゆっくり拝見させていただきたいなあ、なんて思ってたんですよ」

「そんな……。人様にお見せするほどの庭では。祖母が丹精していた庭ですけれど、今は雑草だらけで、お恥ずかしいです。わたしひとりでは、どうしても手が回りきらなくて……」

「そりゃあ、しかたがありませんよ、司書子さん、お仕事してるんだから。そんなに毎日毎日、草取りばっかりしてる暇もないでしょ？」

　そう言って笑う反田さんの、のんきな笑顔を見ていると、雑草くらいたいした問題ではないような気がしてくるから、反田さんは不思議な人です。

「それにしても、こうして司書子さんのお宅にお邪魔しているなんて、何か不思議だなあ……」と、反田さんがしみじみ言いました。

「あ、それ、わたしも今、同じことを思ってました」

「気が合いますね」

「はい」

わたしたちは顔を見合わせて笑いました。

それから、反田さんが、急にちょっとあらたまって言いました。

「あのですね、俺が最近、また本を読むようになったのは、実は司書子さんのおかげなんですよ」

「え？」

「司書子さん、憶えてます？　俺、前に、図書館で司書子さんに調べ物を手伝ってもらったことがあるでしょう」

「……そうでしたっけ？」

「ああ、やっぱり忘れられてた。そんなことだろうと思ってましたけどね」

反田さんは苦笑しました。

「すみません……」

「あ、いや、別にいいんですよ、司書子さんはお仕事で毎日いろんな人に本の場所を聞かれたり、いろいろ質問を受け付けたりしてるんだから。だから俺も、利用者のひとりとしてそれをしてもらっただけで、別に特別扱いしてもらったわけじゃないのはわかってます。ちょっと何か聞かれた人全員のことをいちいち憶えてなくても、しょうがないですよね。でもね、俺は、それがすごーくうれしかったんですよ」

「え……」

「俺、さっき言ったように、子供のころは本が好きだったけど、大人になってからは、自分は本が好きだったってことも忘れかけてて。図書館も、近くにあるのは知ってたけど、特に行こうと思ったこともなかったんです。図書館に行くことなんて、まったく思いつかなかったんですよね」

そう言って、反田さんは頭を掻きました。

「それが、三年前だっけな、町内会の関係で、法律とか条例とか、いろいろ調べる必要が出まして。で、必要に迫られて図書館に行ったんですよ。でも、何をどう調べればいいのか、まったくわからなくて。そのときに親切に案内してくれたのが、司書子さんです」

ああ！　思い出しました！　反田さんのお顔は憶えていなかったけれど、その件なら憶えています。

ただし、決して成功事例としてではなく……。

反田さんの調べ物は、漠然としている上に多岐にわたっていましたが、たしかに、法律に関わる部分もありました。

そのときのわたしは、町内会のことなど何も知りませんでした。——というか、今も知りませんが、そのこと自体は、特に問題ないのです。ひとりの人間がすべての分野について高度な専門知識を持つことは不可能ですから。そもそも、もしたまた知っていたとしても、図書館では、原則として、法律と医療についての相談は受けられません。それができるのは、弁護士や医師など、そのための資格を有する人だけですから。

図書館員に必要なのは、専門知識そのものではなく、それを知るための調べ方と、必要な知識が載っている資料を知ってること——具体的には、自分の館のどこにどんなことについて書かれた資料があるかを、なるべく数多く把握していることなのです。……が、若輩（じゃくはい）のわたしには、まだまだ知識と経験の両方が足りません。今でもそうですが、当時はもっと未熟でした。

そんなわたしにできたのは、反田さんを書架にご案内し、知りたいことは何なのかというお話をじっくり伺いながら、そういうことが載っていそうな本をタイトルを頼りにあれこれ開いては該当箇所を探すことだけでした。

反田さんのために何かを調べたというより、ふたりで頭を突き合わせて延々と一緒に調べ物をしただけで、とても効率が悪かったはずです。

　あの日、結果的には、反田さんの知りたかったことはだいたいわかったようでしたし、たしか、お渡しした本から何冊か選んで、喜んで借りて帰ってくれたと記憶しています。が、当時のわたしにもっと力があれば、もっと早く、あんなに時間をかけずに目当ての資料を提供できたはずなのです……。

　けれど、それを言うと反田さんは、いやいや、と、かぶりを振りました。

「俺はそれがうれしかったんですよ。司書子さんが、俺と一緒になって俺の調べ物に一所懸命になって、長々と付き合ってくれたってことが。俺、図書館で職員の人に何か聞くのなんてはじめてでしたからね。それくらい自分で探せばいいのにって迷惑そうな顔されるかもとか、無知丸出しであきれられるかもとかって、ちょっと不安だったわけですよ」

　そこで言葉を切った反田さんは、わたしの顔を見て、にっこりしました。

「でも、司書子さんは、自分が何を探したいかもうまく説明できなくて要領を得なかった俺に、ちっとも迷惑そうな顔なんかしないで笑顔で対応してくれました。とっても根気強く、親身に話を聞いてくれて、無知丸出しの俺の質問に、真剣に向き合ってくれて。俺、うれしかったんです」

そんなふうに思ってくれていたなんて。こっちこそうれしくて、胸が熱くなりました。反田さんが褒めてくれたようなことは、何も特別なことではなく、図書館員として当然の対応です。けれど、本来のわたしは人見知りで、人と話すのがあまり得意ではないのです。それが図書館員として望ましい資質でないことは、重々わかっています。それでも、好きで選んだ仕事です。ずっと、百パーセントの適性はなくても努力で補えるはずと信じて、自分なりにせいいっぱいがんばってきたつもりです。

反田さんのお言葉は、そんなわたしの心に光を届ける魔法の呪文のようでした。

胸がいっぱいで何も言えないわたしに、反田さんはにこにこと続けます。

「いや、もちろん、それが司書子さんのお仕事だっていうのはわかってますよ。俺だけじゃなく、誰にでもそうするんだってことはね。だからこそ、感激したんですよ。図書館って、本を借りられるだけじゃなくて、こんなふうに誰でも親切に調べ物を手伝ってもらえるところだったんだって。しかも、通りすがりに棚を見たら、おもしろそうな小説本もいっぱいあるじゃないですか」

こーんなに、というように、反田さんは両手を大きく広げてみせました。

「俺、なんとなく、図書館にはもっとお堅い本しかないと思い込んでたんだけど、あんがい柔らかい本もあるんですね。で、それを見て、そういえば子供のころは本が好きだったっけなあと思い出して、次は何か軽い読み物でも借りに来てみようかなあ、と。その結果、子供のころから好きだった探偵ものに、もう一度、どっぷりハマりまして。だから、俺が読書の楽しみを思い出せたのは、司書子さんがあのとき親切に対応してくれたおかげなんです」

なんてうれしいお言葉でしょう。図書館員冥利(みょうり)につきます。

とてもうれしかったのですが、胸がいっぱいすぎて、

「まあ……」としか言えませんでした。

すると、

「そうそう、それですよ」と、反田さんが目を細めました。「その、まあ、っていうのが、また良くってねぇ」

「えっ?」

「司書子さん、よく言うじゃないですか。あのときも、言ったんです」

「そ、そうですか?」

「俺、リアルで『まあ』なんていう女性にはじめて会いましたよ。いや、お年寄りならいるのかもしれないけど、若い女性では」

たしかに、わたしは、どうやら物言いがいちいち古臭いらしいのです。年寄りっ子だ

からもあるし、古い児童文学を大量に読んで育ったせいもあるかもしれません。それで、学生時代、友達によく笑われたものです。もちろん、友達ですから好意的な笑いで、『それが蕭子らしい』とか『そこが可愛い』などと言ってくれたのですが、それでもやはり、ちょっと変だと思われていたことには変わりありません。

「……変ですか？」

不安になって思わず尋ねると、反田さんはあわてたように手を横に振りました。

「いやあ、そういうんじゃなくて、いいなあと思って。古風で上品で、可愛らしいじゃないですか。あのとき、司書子さんが何かの拍子に『まあ』って言って、その瞬間、俺、胸がこう、キュンとしまして」

反田さんは、おどけた様子で自分の左胸を押さえて見せました。

「まあ……」

うっかり言ってしまってから、口元を押さえて赤面しました。自分ではまったく気がついていなかったのですが、本当に口癖のようです。

反田さんは、また笑いました。

「うーん、いいなあ……。何ともいえないなあ……。でね、さらに実を言うと、俺、図書館がいいところだっていうだけじゃなく、あのとき、司書子さんのこと、素敵な職員さんだなあと思ったんですよ」

「え……？」

そんな。わたしなんて、まだまだ全然未熟ものなのに。身に余るお言葉に、思わず縮こまってしまいます。

反田さんは、そんなわたしをにこにこと見て言います。

「あのときの司書子さん、なんとか俺の役に立ってくれようと、ものすごく一所懸命になってくれてるっていうのが伝わってきてね。あと、こっちのことを尊重してくれてるなっていうのも伝わってきて。真面目で一所懸命な人だなあ、誰に対してもこんなふうに一所懸命に対応してあげてるんだろうなあ、きっと素直で純粋でがんばり屋さんなんだろうなあ、そういう人っていいなあって思って……それで俺、すっかり司書子さんのファンになっちゃったんですよね」

反田さんは、ちょっとおどけた口調で言って、照れくさそうにほっぺたを掻きました。

五月の庭にはうららかな日射しが溢れ、小鳥の声がのどかに降ってきます。

「まあ……」

思わず言ってしまって、また口元を押さえるわたしを見て、反田さんがくすりと笑いました。

目の前を白い蝶々がふうわりと横切って、風に揺れる風鈴草の花穂をかすめ、垣根の根もとのミヤコワスレにとまります。

日向でうつらうつらしていたスノーウィがふと首をあげ、まぬけなあくびをひとつ漏らすと、また前足の上に頭をのっけて気持ちよさそうに目を閉じます。

ひらひらと垣根をこえてゆく蝶を目で追いかけながら、反田さんが、しみじみと言いました。

「ああ、ほんとにいいなあ、この庭……。ずっとここに座っていたいなあ……」

本当に。

少し雑草は生えていますけど、木苺やユスラウメが実り、さまざまな宿根草の花が咲くこの庭は、今が一年で一番美しい時期です。

青葉をそよがせて吹き過ぎる五月の風が心地よくて、わたしも、いつまでも、ここにこうして座っていたいような気がしました。

帰りがけに、反田さんは、また木苺を一粒、通り過ぎざまに手を伸ばして無断でつまんでいきました。

今まで、わたし、気後れして文句を言えずにきたけれど、反田さんとずいぶん気安く話せるようになった今なら、勇気を出して言えるかもしれません。「人の家の木苺を勝手に食べないでください」って。

……でも、やめました。まあいいかって思ったから。反田さんになら、お祖母ちゃんの木苺を少しだけ分けてあげてもいいです。

それにわたし、木苺を食べたときの反田さんの子供みたいな笑顔を見るのが、ちょっと好きかもです……。

『指輪物語』の第一巻を手に帰ってゆく反田さんの後ろ姿を見送って、木戸のところから引き返そうとしたとき。

垣根の向こう端のあたりで、何か、がさりと音がしました。

反射的にそちらを見ましたが、誰もいません。ただ、通りがかりの人が路地を曲がってゆく後ろ姿が、一瞬、ちらりと見えただけで。

隣の猫が垣根の下をくぐっていったのでしょうか。

そう思って視線を下ろすと、垣根の内側に、何か色鮮やかなものが落ちています。

格子の隙間に押し込まれたようになっているそれは、矢車菊(やぐるまぎく)やマーガレットなど、ちょうどこの時期に咲いている花々を無造作に束ねた、花束のようなものでした。花束といっても、花屋で売っているもののようにセロファンやリボンでラッピングされているわけではなく、庭で咲いていた花をただ切って、輪ゴムか何かでとめただけのものです。ちょうど、お墓の花立に立てるような。

もしかして、お庭の花を持ってお墓参りに行く人が、何かのはずみで落としてしまったのでしょうか。

花束を拾い上げ、一瞬、がらにもないことを考えました。

もしも、この花束を手に木戸を出て、落とした人を探しに出かけたら。

後ろ姿を呼び止めて「落としましたよ」と渡してあげたら、喜んでくれるのではないかしら。でも、もう通り過ぎてしまった人だから、探すのは難しいかもしれません。わたしひとりでは探せないかも。そんなとき、誰かが——いいえ、反田さんが一緒なら、ふたりで探偵ごっこみたいにして落とし主を探し回って、素敵な冒険が始まるような気がします。わたしの好きな童話『たんたのたんてい』みたいに、虫眼鏡を片手に家を出て、お友達と連れ立って街中を尋ね歩いて、いろんな仲間と出会って……。

路地を歩いてゆく反田さんの、広い背中を思い浮かべました。さっき見送ったばかりの——。

今、反田さんを追って走っていけば、まだ追いつけるかしら。こんなものが庭に落ちていたんです、落とし主に返してあげたいから、一緒に見つけにいきませんか——と、もしも言えたら、もう一度、さっきみたいな冒険が、わたしを待っていたりしないかしら……。

そのとき、さっき垣根を越えていった白い蝶々が、またひらひらと庭に戻ってきて、ギボウシの葉っぱに舞い降りました。その軌跡を目で追って、愛する庭を振り返り、小さく首を振って苦笑しました。

わたしったら、今日はいつにない冒険をしたので、まだ少しハイになっていたようです。普段、静かな暮らしを送っているので、非日常的な出来事に免疫がないのですね。

それはそれで楽しかったけれど、特別な冒険なんて、一日に二度も要りません。もう十分です。今日はこれから庭の草取りをしなければならないし、お弁当用の常備菜も何種類か作っておきたいし、できれば庭の夏みかんでマーマレードも作りたいのです。時間に余裕があれば、果実酢も仕込みたいと思っていました。そこまでの時間はもうないけれど、せめて玄関と水回りの掃除をしなくては、きれい好きだった祖母に顔向けができません。

この花束が落とし物だとしたら、落とした人が拾いに戻ってくるかもしれません。下手に動かしてしまうより、元の場所に置いておくのが一番。

そう思って、手にした花束を、垣根の隙間から、そっと道路の端に押し出しておきました。

そして、そのことは、そのまま忘れていたのですが……。

『指輪物語』

J・R・R・トールキン（著）、瀬田 貞二　田中 朋子（訳）／評論社

この小説を読むと、ファンタジーの魅力はストーリーだけではないと、あらためて思います。もちろんストーリーも面白いけれど、読んでいる間中、ここでないどこかにたしかにある雄大な風景の中に身を置けるのが、この作品の大きな魅力。映画の中の風景も美しかったけれど、文字を読むことによってしか行けない世界も、やっぱりあるのです。異世界の空気を味わってゆっくり読み進めてほしい名作。この世界観をもう少し手軽に味わいたい人は『ホビットの冒険』（岩波少年文庫）をどうぞ。

第三章

ジギタリス殺犬未遂事件

六月。

いつもより長く咲いてくれた庭のジギタリスが、そろそろ終わりかけています。

休日の朝、朝露の光る庭で、大きな帽子(ぼうし)をかぶって、その花がらをつみました。来年も良い花がたくさん咲くように。

でも、一本だけは、花がらをつまずに残しておくのです。こぼれ種(だね)で、また来年、新しい株(かぶ)が増えるよう。

壁際（かべぎわ）に咲く背の高いジギタリスの群れは、わたしが覚えている限り昔から、毎年この場所で咲いていています。ジギタリスは暑さに弱いので、夏に枯れてしまうことも多いらしいのですが、うちの庭は、たまたま環境が合っているのでしょう。祖母もよく、こうして、初夏の庭でジギタリスの花がらをつんでいたものです。

長い花穂にずらりとぶら下がる赤紫のこの花を、どこか妖しいものに感じるのは、ホタルブクロに似た筒状花の内側に散る秘密めいた暗色の斑のせいでしょうか。それとも、『この草には毒があるから花や葉っぱを犬の鎖の届くところに捨てては駄目よ』と、幼い日に繰り返し言い聞かされた祖母の言葉が、わたしの心に焼きついているからでしょうか。

花がらをつみ終えて、祖母の言いつけどおりスノーウィの鎖の届かない場所にまとめると、帽子のつばをあげて空を仰ぎました。

梅雨の晴れ間の一日、朝から真夏を思わせるような立派な入道雲が出ています。暑い一日になりそうです。今日は振替休日なのでしょうか、虫取り網を持った小学生の一団が、賑やかに路地を駆け抜けていきました。

こんな日は、わたしもこの木戸を出て、あんなふうにどこかへ駆けていきたい――と、ふと思ったりもするけれど、こういう雲が出ているときは、午後になると天気が急変したりします。やっぱり、雨が降り出したらすぐ屋根の下に入れる我が家の庭が一番です。ここにいたって、わたしの心は、空想の中でどこへでも行けるのですから――。

そんなことを思いながら子供たちの後ろ姿を見送っていると、郵便屋さんのバイクがやってきて垣根の外に止まり、「おはようございます！」と元気に挨拶しながら郵便受けに手紙を入れて、また走り去っていきました。後ろ姿にねぎらいの言葉を返しながら、木戸の脇の郵便受けに向かいます。

蓋を開ければ、入っていたのは、どうでもいいダイレクトメールがいくつかと、それから、エアメールが一通。

イギリスで暮らす父からです。

父から手紙が来たということは、何も用事がないということですね。何か用事があれば電子メールのほうがよっぽど速いし、父の近況ならSNSで、リアルタイムで知ることができます。でも、父は、特に用事がないときに限って、ときどき気まぐれにエアメールを送ってくるのです。父からの手紙は、だから、いつも他愛のない内容です。

長年仕事であちこちの国を飛び回っていた父は、最後に赴任したイギリスがよほど気に入ったらしく、そのままあちらに居着いてしまいました。定年を待たずに勤め先を退職して、仕事を通して知り合った現地の友人と一緒に事業を起こしてしまったのです。

このまま永住も考えているとのことで、祖母が亡くなったときには、わたしもこちらに来ないかと誘ってくれましたが、断りました。スノーウィは年寄りだから海外になんか連れて行けませんし、父には父の、わたしにはわたしの人生がありますから。

といって、別に父と仲が悪いわけではないのです。

わたしと父は対照的なまでに性格が違うし、顔もあまり似ていません。一緒に過ごした時間も、とても短いです。けれどわたしたちは、一般的な父娘とはちょっと違う関係なりに、たぶん普通以上に仲がいいのです。こんなふうに、たいした用もないのに紙とペンを使って文通するくらいには。

今日の手紙には、何が書いてあるのでしょうか。あとでゆっくり読んで、お返事を書きましょう。

封筒をひっくりかえして裏を見たら、見覚えのない住所が。今までフラットのようなところに住んでいたはずですが、今度は一軒家のようです。いよいよ、あちらに落ち着くつもりなのですね……。

わたしの父がイギリスに住んでいると知った人は、よく、遊びに行けばタダで長期間泊めてもらえて観光拠点にできるだろうと羨ましがるのですが、わたしは、イギリスに行きたいと思ったことが、一度もありません。

別にイギリスが嫌いなわけではなく、実はわたし、生まれてから一度も海外旅行に行ったことがなく、あまり行きたいとも思わないのです。

イギリス自体は、わたしにとって、むしろ、子供のころから憧れの国でした。なぜなら、子供のころに愛読していた数々の名作児童文学の舞台の多くがイギリスだったからです。イギリスは、児童文学を愛するものにとって、いわゆる聖地なのです。

けれど、だからこそ、わたしは、実際にイギリスに行きたいと思ったことがないのでした。

わたしにとって、イギリスは、この世界のどこにもない、物語の中の魔法の国なのですから。

わたしの心の中にある魔法の国へ、どうして飛行機でなんか行けるわけがあるでしょう。そこへは、本を読むこと、空想にふけることによってしか、行けないのです。もしもわたしが飛行機に乗って現実のイギリスを訪れてしまったら、そこはもう、ただの現実の外国です。ケンジントン公園にピーター・パンはいなくて、ただその銅像があるだけだし、パディントン駅に行っても、スーツケースを持った熊と出会えることはないのです。

——昔、小学校にあがる前に住んでいた家の近くに、小さな雑木林がありました。〝小さな雑木林〟というのは今だから思うことで、幼かった当時のわたしは、子供部屋の窓から見えるその林を、世界の果てまで広がるようなとても大きな深い森だと思い、〝そこなし森〟と呼んでいました。そこにはオオカミやオバケが潜んでいて、奥深くまで踏み込めば妖精郷も見つかるのだと信じていました。

少し大きくなったある日、わたしは、思いきって〝森の終わり〟を探しにでかけようと決意し、大冒険に小さな胸を躍らせながら雑木林に足を踏み入れました。そして、ささやかな探検行の末に、あっけなく雑木林を縦断してしまったのでした。

雑木林を抜けた向こうには、家の周囲と何も変わらない、ごく普通の住宅地が広がっていました。

そのとき、わたしの世界から〝そこなし森〟はなくなりました。世界の果てだったはずの〝そこなし森〟は、ただの、ありふれた小さな雑木林に変わってしまったのです。

イギリスに旅行に行くことは、その、〝そこなし森〟の探検と似ているような気が、わたしには、したのでした。

わたしは、広い世界になんか、行きたくありません。この、小さな自分の庭で、垣根の内側で、子供部屋の窓から空を眺めて雲の彼方に夢を描くみたいに、ひっそりと静かに生きていきたいです。

　あの雲の峰の向こうのどこかに、今もわたしの夢の国はあるのでしょうか――。


「司書子さん！　おはようございます！」

　突然の大声に、わたしの夢想は破られました。

　手元の封筒から顔をあげると、垣根の向こうに反田さんの日に焼けた笑顔が。

　うっかり考え事にふけってしまっていましたが、今日は、反田さんが、貸していた本を返しに来る約束になっていたのです。午後からお店番に入らなければいけないということで、あまりゆっくりはできないそうですが、せっかくなのでお茶くらいお出ししようと、お茶菓子も用意してあります。

　返却期限内に読み終わる自信がないから図書館で『指輪物語』を借りなかったというわりに、反田さんは本を読むのが早くて、すでに三巻まで読み終わり、今日は四巻目を借りてゆくことになっています。一冊読み終わるごとにうちに返しに来て、そのたびに縁側でお茶をお出ししているので、もうすっかり昔からの知り合いのようです。

　挨拶を返し、木戸を開いて迎え入れると、反田さんはいつもどおり、まずスノーウィのところにいって身をかがめ、喜んでぴょんぴょん跳ねるスノーウィの首の周りをもふもふとかきまわしてやりました。耳の後ろも胸元もがしがしと掻いてもらって、スノーウィはご満悦（まんえつ）です。耳の先がぴょこぴょこと跳ね回っています。

……が、わたしの視線は、反田さんの黒いTシャツの胸の、おかしなプリントに釘付けです……。

反田さんも、その視線に気づいたのでしょう、立ち上がると、ぐっと反らした自分の胸を得意そうに親指で指し示しました。

「どうです、これ。うちの新作！　〝ババアちゃんTシャツ〟です！」

ババアちゃん……。たしかに、二頭身にデフォルメされた和服のおばあさんの絵柄です。

「ね、可愛いでしょう！　我らがかんざしババアを、親しみやすいゆるキャラにしてみました」と、反田さんは胸を張ります。なるほど、頭には、やたら大きなかんざしを挿していますし、踊るようにポップな虹色のフォントで〝妖怪かんざしババア〟とプリントしてあります。

でも、これ、正直、デフォルメが効きすぎて、ゆるいというより、ちょっと不気味というか、悪趣味というか、そこはかとなく失礼な感じというか……。

反田さんは、いつも、自分のお店のオリジナル商品であるちょっと変わったTシャツを着ていますが、実は、そのオリジナルTシャツ、すべて反田さんが企画しているのだそうです。地元の方言や特産品などをモチーフにした衣類やグッズを扱う〝地元愛コーナー〟を自ら発案、創設し、運営を任されているとのこと。

反田さんの熱い郷土愛には心を打たれますし、地域密着型の洋品店で郷土をテーマにしたオリジナル商品を作って売るという反田さんのアイディア、取り組みは、素晴らしいことと思います。――思いますが……このTシャツはちょっと……。

そういえば、反田さんは、わたしより三つ上の三十一歳だそうで、ご自分でつねづね〝恋人募集中〟と強調しまくっているにもかかわらずいまだに彼女ができないらしいのは、もしかして、いつもこういう変な服を着ているせいなのでは……？　他人事（ひとごと）ながら忠告したくなってしまいますが、差し出がましいから黙っていましょう。

*

日陰の涼しい縁側で、グラスごと冷やして氷を浮かべた麦茶と、お茶請けに、自家製の梅ジャムを出しました。

庭の梅で作ったジャムだと言うと、反田さんは感心して梅の木を見上げました。

「いやあ、庭に梅の木が一本あると、いいですねえ。実が食べられて花も綺麗なんだから。これだけ立派な木だと、満開のときなんか、さぞ見事でしょう」

「ええ。毎年、花の時期には、祖母とふたりで、この縁側で梅の花見をするんですよ。まだ寒いですけど、かいまきとかダウンとか着こんで、ふたりで熱い甘酒の湯のみを手に……」と、そこまで話しかけたとき、ふいに喉がつまり、思いがけない涙で視界が滲みました。――祖母と一緒に梅の花を見ることは、もう二度とないのです。今年も来年も、その次の年も……。

　あわててハンカチを取り出していると、反田さんが心配そうに顔を覗き込んできました。

「司書子さん……？　大丈夫ですか？」

「ご、ごめんなさい、あの……梅の花見の話をしたら、一緒に梅の花見をする人はもういないんだなって、ふっと思ってしまって……」

　ハンカチで目元を押さえながら言い訳すると、反田さんは、「ああ……」とつぶやいて、困ったように眉を下げてほほえみました。

「また、お祖母ちゃんのこと、思い出させちゃったんですね」

「ごめんなさい……」

「いえ、謝ることなんかないですよ。お祖母ちゃんが大好きだったんですよね。何かにつけて思い出すのも当然です。よっぽど可愛がってもらったんですね」

「はい」

涙を拭いながら、こくりとうなずきました。

「司書子さんを見てるとね、お祖母ちゃんにとっても大事にされて育ったんだなあって、わかりますよ。いい想い出がたくさんあって、幸せですね」

そうですよね。祖母に愛された想い出がいっぱいあるわたしは、幸せものなんですよね。……そうは思っても、悲しみは消えません。

反田さんが、ちょっとあらたまった声音で言いました。

「あのですね。こんなこと他人が言っていいのかわからないけど、お祖母ちゃんが亡くなったのをそんなに悲しめるって、素敵なことだと思いますよ」

思いがけない言葉に、思わず顔をあげました。

「え……？」

反田さんは、やさしい眼差しでほほえんでいました。

「だって、それは、司書子さんがそれだけお祖母ちゃんに愛されてて、お祖母ちゃんを大好きだったって証拠なんだから。今のその悲しさも、お祖母ちゃんからの素敵な贈り物なんです。だから司書子さんは、その気持ちを大事にしていいんです。うんと悲しんでてもいいんです。今、司書子さんが悲しいのは、素敵なことなんです。……ね？」

「まあ……」

若くして亡くなった母と違い、九十近くまで生きて長患い（ながわずらい）もせずに逝った祖母の死を、いつまでも悲しんでいるなんて、いけないことだと思っていました。わたしの年代では祖父母がすでに他界しているのはごく普通のことだし、母のときと違って自分ももう大人なんだから、もっと早く立ち直れてしかるべきなのだと。遺された人がいつまでも悲しんでいると亡くなった人が天国に行けない、などと、周りからも言われますし。

だからわたし、自分がまだ祖母の死を悲しんでいることを、なるべく人から隠すよう、自分の心の中でもあまり認めないよう、ずっと、ちょっとずつ無理をしていた気がします。

反田さんの言葉は、そんなわたしの心にしみました。なんだか、心がほっと緩むような。

反田さんがふっと笑って、軽い声音に戻りました。

「それにしても司書子さんは、ほんとに泣き虫ですねえ」

「はい……」

もうとっくに盛大にバレているので、いまさら隠そうとしてもしかたありません。

「まったく、これじゃあ、司書子さんじゃなくてメソ子さんだ」

少し意地悪なからかいの言葉ですけれど、反田さんの声はとても温かくて、ちっとも嫌な感じがしませんでした。

気の早い風鈴を吊った縁側を、さわやかな風が吹き抜けます。

麦茶の中で溶けかけていた氷の残りがそっと崩れて、小さな音を立てました。

*

『指輪物語』の次の巻を持ってご自宅に戻る反田さんを、木戸のところまで見送りに出ようと、スノーウィの小屋の前を通って、ぎょっとしました。

小屋の向こうがわに、スノーウィが手足を投げ出して横ざまに倒れて、だらりと舌を出し、口の端から泡を吹いていています。

「スノーウィ!?　どうしたの!?」

あわてて駆け寄り、頭を抱え起こしましたが、その目はうつろに宙をさまよい、手足はっぱり、体は小刻みに痙攣(けいれん)しています。

そういえば、さっき、スノーウィが何かヒンヒンと鼻を鳴らしてガサゴソ騒いでいるとは思ったのです。が、垣根の外を猫でも通りかかったか、雀かモグラでも見つけたのだろうと思い、気にしていませんでした。もしかしたら、わたしがお茶を飲んでいて気がつかない間に、さっきから苦しんでいたのかもしれません。

「どうしました⁉　大丈夫ですか？」

反田さんも駆け寄ってきて、スノーウィの脇に心配そうに屈(かが)み込みます。

「反田さん、どうしましょう、スノーウィが、スノーウィが……！」

動転して言葉が出ないわたしに、反田さんが、

「司書子さん、落ち着いて、落ち着いて」と声をかけてくれました。

「どうしたんですか？　急にこうなったんですか？　前から体調崩してました？　持病でもあるんですか？　何か心当たりは？」

矢継ぎ早に問いかけられて、涙声でなんとか答えました。

「いえ、何も……。さっきまでは元気だったんです。反田さん、どうしましょう、スノーウィが死んじゃう……！」

「大丈夫、大丈夫、落ち着いて。大急ぎで動物病院に連れて行きましょう。俺、一緒に

行きますよ。さあ、今すぐ、診察券と財布を取ってきて」

「は、はい！」

わたしは飛び上がって家に駆け込みました。

診察券を持って犬小屋に駆けつける途中、ふと、垣根の根もとのひとところに目がとまりました。何か、見慣れないものが落ちています。

こんな緊急時ではありますが、心にひっかかるものがあって、わたしは思わず近寄りました。

垣根の下に落ちていたものは、萎（しお）れかけた泥まみれの花束——ジギタリスの花束でした。

うちの庭のジギタリスではありません。うちのジギタリスは昔ながらの古い品種で、地味な赤紫一色ですが、こちらは新しい品種なのでしょう、白やピンクなど色とりどりです。

それが、大勢の人に踏み荒らされたかのようにぼろぼろになり、リボンもほどけかけて……まるで犬が蹴散らしたり、くわえて振り回したりしてさんざんおもちゃにしたあとのような……。

そこで、はっとしました。

まさか、スノーウィは、これを……？

自分の頭からざっと血の気が引く音が聞こえたような気がしました。

スノーウィの鎖は、ぎりぎりで、この手前まで届くのです。よく見れば、垣根の手前の地面には、スノーウィがこれを引き寄せようとしてガリガリやったのではないかという爪の跡があります。

「反田さん！　これ！」

わたしは花束を指し示しました。

「これ、ここに落ちてたんですけど……ジギタリスです。この花、毒があるんです！　もしかしてスノーウィは、これを食べたんじゃ……？」

花はすっかりぐちゃぐちゃになっていて、スノーウィが噛みちぎったのか、それともただ踏んづけたり引きずったりしただけなのかの見分けはつきません。けれど、もしくわえて振り回したりして遊んだだけだとしても、花びらや茎の破片が口に入り、はずみで飲み込んでしまった可能性は、十分にあります。

「どうしましょう！　犬がこれを食べると死ぬこともあるって、祖母が……」

言ったとたん、涙がこみあげてきました。

子供のころから、もう十五年、一緒に暮らしている大事な家族です。今となっては、わたしの、唯一の同居家族です。スノーウィが死んだら、わたし、この家にひとりぼっちです……！

「大変だ！　司書子さん、泣いてる場合じゃありませんよ！　今すぐ病院に電話して、ジギタリスを食べた可能性があることを伝えて、どうしたらいいか聞いてください！」

反田さんの言葉に、我に返りました。たしかに、泣いてる場合じゃありません。

急いで動物病院に電話すると、何もせずにすぐに連れてきてくれとのこと。うちが大昔からお世話になっている萩原（はぎわら）動物病院は、家から数ブロックしか離れていなくて、本当にすぐ近くなのです。

スノーウィの体を毛布でくるんでふたりがかりで抱え上げ、反田さんの指示でポリ袋に入れたジギタリスの花束も持って、わたしたちは動物病院に急ぎました。

＊

先に電話で事情を話しておいたおかげで、病院につくと、先生が診察の準備を整えて待ちかまえていてくれました。すぐに診察室に通され、検査をしながら事情を聞かれます。それからスノーウィは、袋に入ったジギタリスと一緒に、あわただしく奥の処置室に連れて行かれました。

わたしたちは、待合室のベンチに並んで座りました。診察時間外だったのに急患ということで特別に診(み)てくださっているので、他に人影はなく、天井の照明も半分消えています。

こんなふうに、薄暗く人気のない待合室に座っていると、あの日のことが思い出されました。去年の春、祖母が倒れた日のことが。

あの日、病院の廊下は、やっぱりこんなふうに薄暗く、ひっそりとしていたのです。そのときも診察時間外で、長い廊下は閑散として、ただひとりベンチに座るわたしの前を、ときおり、病院スタッフの方が足早に通り過ぎました。そのあとはまたひっそりとして、壁の時計の秒針が動くかすかな音が、やけに耳につきました。

ああ、こんなとき、お祖母ちゃんが隣にいてくれたら……そう思って、祖母の不在に慄然(りつぜん)としました。さびしいとき、心細いとき、いつも隣にいてくれた祖母が、なぜ、今、こんなときに、隣にいないのか……と。

さっき、スノーウィが倒れたとき、同じように急に倒れて救急車で運ばれていって、それきり帰ってこなかった祖母のことを、頭のどこかで思い出したのです。あんなふうにスノーウィまで、もう帰ってこなかったら……と、そう思ってしまったら、足元の地面が崩れ去ってゆくような気がしたのでした。

両手で顔を覆ってうつむいたわたしの肩に、そっと、大きな温かい手が触れました。

「司書子さん……大丈夫ですよ。先生を信じましょう」

そうですね。なんといっても、スノーウィが仔犬のころからずっと診てくださっている主治医なのですから。

顔をあげ、小さくうなずきました。

「……はい」

無理して少しほほえむと、反田さんも、元気づけるようにほほえみかえしてくれました。

祖母のとき、わたしはベンチにひとりぼっちだったけれど、今は反田さんが、隣にいてくれるのです。

——けれど、そういえば反田さんは、用事があってご自宅に戻らなければいけなかったのでは？

動転していて忘れていたことを、いまさら思い出して反田さんに言ってみると、反田さんは、いつのまにかスマートフォンでご家族に連絡を取って、店番を代わってもらっていたのでした。ご家族にまでご迷惑をおかけして、申し訳ないです。けれど、「とりあえず当面は都合がついたし、心配だから、もうしばらく付き合いますよ」という反田さんの親切な申し出を、わたしは断れませんでした。本当は遠慮するべきだと思いながらも、今は反田さんの存在が、あんまり心強くて……。

そのとき、処置室から先生が顔を出しました。

「司さん。もう大丈夫ですよ。スノーウィちゃんの容態は落ち着きましたからね。この様子なら命にかかわるようなことはないでしょう」

柔和な笑顔に、涙が出そうになりました。ジギタリスの状態も見てみたところ、もし口に入ったとしてもごく少量で致死量ではないだろうという言葉に、胸をなでおろします。

ただ、スノーウィが本当にジギタリスを食べたのかどうかがそもそもはっきりしないので、他の病気の可能性も残っており、念のため夕方まで病院で預かって様子を見てくれるとのこと。

何か異変があったらすぐに連絡するからと言われて、わたしたちは、いったん家に戻ることになりました。

家までの短い道のりは、いつもと同じように平和でした。家々の垣根から溢れる花に明るい光が降りそそぎ、その向こうの庭木から、小鳥たちが飛び立ちます。

「反田さん、ありがとうございました。スノーウィが無事だったのは反田さんのおかげです」

並んで歩きながらお礼をいうと、反田さんは顔の前で手を振って笑いました。

「いやいや、先生のおかげですよ」

「それはもちろんそうですけど、先生が、処置が早かったから助かったとおっしゃっていました。反田さんがてきぱきと指示してくださったから、早く病院に連れて行って、すぐ診てもらうことができたんです。わたしったら、取り乱してしまって、お恥ずかしいです……」

わたしは足を止めて、少しうつむきました。

「スノーウィはもう年寄りだから、いつ何があってもおかしくないってことは、覚悟していたつもりなんです。でも、心のどこかで、そんなのずっと先のことだと思っていたし、それに、あのとき――スノーウィが倒れているのを見たとき、祖母が倒れたときのことを思い出してしまって。……祖母は、それまで元気だったのに、ある日、倒れて、救急車で運ばれて、それきり家に帰ってこられなかったんです」

「そうでしたか……。お気の毒です」

反田さんは、しんみりと言いました。

そして、一転して力強い声で、こう言い切ってくれました。

「でも、スノーウィはもう大丈夫ですよ。夕方には戻ってくるんです」

「そうですよね。荻原先生がついていてくれるんですもの」

わたしも、顔をあげ、強いて笑顔を作りました。荻原先生はもうご高齢ですが、わたしと祖母は、長年、この先生に深い信頼を寄せてきたのです。

そのとき、反田さんが突然、

「ああ～っ！」と力が抜けたような声をあげました。

「ひと安心したら腹が減ったぁ！　司書子さん、ちょっとそこのコンビニに……」

＊

反田さんはおにぎりとペットボトルのウーロン茶を、わたしはサンドウィッチとミルクティーを買って、縁側で一緒にお昼を食べました。心が落ち着かず、食欲はありませんでしたが、反田さんに「そういうときこそ食べなきゃダメですよ」と言われてサンドウィッチの端っこをちまちまかじっているうちに、だんだんお腹が空いてきて、なんとか食べ終えました。

その間におにぎりを三つ平らげた反田さんは、最後のウーロン茶を飲み干して空になったペットボトルを、たん、と縁側に置き、ぱちんと手を打ち合わせました。

「さて、腹ごしらえもすんだことだし。ここで俺たちが気をもんでいても何ができるわけでもないですから、スノーウィのことは先生にまかせて、俺たちは俺たちにできることをしましょう」

「できること、とは……？」

「犯人探しですよ！　犯人をつきとめてこそ、再発が防げるんです！」

「えっ……犯人？」

ぽかんとしたわたしに、反田さんはびしっと指を突きつけました。

「司書子さん！　何をぼんやりしてるんですか。これは事件ですよ!?」

「えっ？」

「誰かがスノーウィを毒殺しようとしたんです！」

反田さんは、『キリッ』という擬音がつきそうな顔をしました。

「ええっ……？　そんな、まさか。ご近所の方がお墓参りの途中で落っことした花が、何かのはずみで庭に入っただけだと思うんですけど……」

「でも、お墓に、こんな花、供えますかね？　墓って言えば菊って決まってません？」

「そんなことはないですよ。本来、仏花の種類に決まりはないと聞きました」

「でも、この花、毒があるんでしょう？　そんなもの、花屋で売ってますかね？」

反田さんは疑わしそうに首をかしげます。

「売ってると思います。触っただけで害があるものではないので。スズランだってスイセンだって毒があるけど、普通に花屋さんに売ってますし」

そう話しながらも、この花は花屋さんで買ったものではないだろうと思っていました。花屋さんだったら、仏花だって、もうちょっとちゃんと包装しますから。そして、お庭で切ってきた花でも、もし電車やバスに乗るなら、さすがに、新聞紙でもいいから紙で包むと思うので、これをお墓に供えるために持っていたとしたら、その人は、お寺に歩いていける、ご近所の方ですよね。それも、近くのお寺に先祖代々の墓がある、昔からの住民の方……。

そこまで考えて、そういえば前にもこれと同じ想像をしたことがあるような……と、おぼろげに思いましたが、どういう状況でそんな想像をしたのかは思い出せませんでした。

反田さんは、腕組みをして聞いていましたが、こう言いました。

「なるほど……。そのセンもなくはないですが、でも、実際にスノーウィが中毒してるわけですからね。やっぱりこれは殺犬未遂(さつけん)事件とみるべきでしょう」

「さつけん……?」

「そう! 殺人ならぬ、〝殺犬未遂〟です!」

「だって、誰が何のためにそんなことを?」

「そこですよ! スノーウィが誰かに恨まれる心当たりはありませんか? たとえば人を噛んで怪我させたとか、よそのわんちゃんを噛んだとか、人んちの前にうんこをしたとか……」

スノーウィを侮辱された気がして、つい、抗議してしまいました。

「スノーウィはそんなことしません! うんちはわたしがちゃんと処理してます! それに、もし本当に誰かがスノーウィを毒殺しようと思ったなら、こんな不確実なやり方はしないと思うんですけど……」

「まあ、たしかに。花なんて犬が食べるかどうかわからないですからねえ。本気で毒殺する気なら、犬が必ず食べるような、うまそうな肉団子とかに毒を混ぜるかもですね。毒だって、農薬とか殺鼠剤とか、なんだってあるだろうし。ところで、ジギタリスの毒って、どれくらい強いんです？」

それはわたしも気になっていました。スノーウィが本当にそれを食べたかもしれないなら、致死量や性質、治療の予後などが気になります。

「すみません、わたしもよくは知らないんです。祖母が、毒があると言っていたのを憶えていただけで……」

こんなことになるのなら今までに図書館でちゃんと調べておけばよかったと思いましたが、後悔先に立たずです。どのみち、うちのような小さな市立図書館の蔵書では、そういう専門的な資料はなかったと思いますが。

しかたがないので、今はとりあえず検索でしょうか。

反田さんも同じことを思ったようで、

「なるほど。ちょっと調べてみましょう」と、縁側に腰掛け、ポケットからスマートフォンを取り出しました。

「えーっと、ジギタリス、毒、犬……と」

難しい顔で画面を覗き込む反田さん。

わたしも隣に座って、検索してみました。

調べてみたところ、スノーウィの症状は、ジギタリスの中毒症状に、だいたい当てはまるような気がします。が、他のものの中毒や病気でも似たような症状は出るでしょうから、ジギタリスが原因だとは言い切れない気もします。

……要するに、よくわかりません。

荻原先生だって断定しなかったのだから、素人に、しかもネットでちょっと調べただけで、わかるわけがありませんね。

ただ、もしジギタリスだとしても、少しでも食べたら必ず死ぬというようなことはなさそうなので、ちょっと安心しました。小型犬なら少量でも危ないらしいですが、スノーウィは中型犬の中でも大きめの部類で、しかも食いしん坊ですから、体重も、たしか二十キロ近かったはずです。荻原先生も、食べたとしても少量だろうとおっしゃっていましたし。

「うーん……。犯人はジギタリスをもっと猛毒だと思ってたんですかねえ……」

反田さんは、そう言いながらどんどん検索を続けていましたが、ふと、手を止めました。

「いや。それとも、本気で殺すつもりはなかったのかもしれませんね」

反田さんの目が、きらりと光ります。何か有用な情報を見つけたのでしょうか。反田さんが差し出した画面を見ると、ただの花の図鑑のサイトのようですが……。

「司書子さん……」

反田さんは、画面を睨みながら、妙に思いつめたような声で言いました。

「これ、殺犬未遂事件ではなく、ストーカー事件ではないでしょうか？」

「えっ？　スノーウィの……？」

「違いますよ！　司書子さんですよ！　あの花束は、スノーウィを毒殺しようとしてじゃなく、毒があるなんて知らないで、花言葉に託して司書子さんに想いを伝えようと庭に投げ入れられたものなのでは？」

「花言葉……」

思いがけない単語が出てきて、ぽかんとしてしまいました。

「そうです。ほら」

反田さんが指差した箇所に載っているジギタリスの花言葉は、〝熱愛〟〝隠し切れない恋〟〝熱い胸の想い〟など。

そういえば、昔、祖母が、この花の花言葉は〝隠しきれない胸の想い〟というのだと、教えてくれたことがありましたっけ……。

反田さんは重々しく言いました。

「おそらくは誰か、司書子さんに、ひそかに想いを寄せている男がいるんですよ。そいつがですね……」

「はぁっ⁉」

思わず反田さんの言葉をさえぎって、すっとんきょうな声を出してしまいました。

「ありえません！」

「なんでです？　なんでありえないんです？」

「だって、わたしなんか好きになる男性なんて、いるわけないじゃないですか」

「なんでですよ！　司書子さんを好きになるのって、そんなに変ですか⁉　好きになっちゃおかしいですか⁉」

反田さん、なぜかほとんど喧嘩腰です。

「えっ……。だって、わたしなんて、地味だし、そもそも、いいトシだし……。もう恋愛なんて関係ないです」

「何言ってんですか。司書子さん、まだ二十八でしょ？　俺なんか司書子さんより三つも上なんですが。じゃあ、俺はもう恋愛しちゃいけないって言うんですか？　誰かを好きになったら変だって言うんですか？　何歳だろうと、好きになっちゃうものはなっちゃうんだからしかたないでしょうが……」

反田さんがちょっと不貞腐（ふてくさ）れた声を出しました。そんなつもりではなかったのですが、そういえば、今の発言は、わたしより年上である反田さんに失礼でしたね。焦ったわたしは、あわててフォローを試みました。

「あっ、すみません！　反田さんは別にいいんです！　恋愛なんか関係ないっていうのはわたしだけのことで、自分は自分、人は人ですから。反田さんは、いくらでもご自由にどうぞ！」

ところが、反田さんは、

「『ご自由に』って……。へこむなあ……」と、かえってしょんぼりしてしまいました。フォローしたつもりが、なぜかよけいに事態を悪化させてしまったようです。

もっとも、反田さんは、すぐに、

「ま、いいや」と、立ち直ってくれました。

「とにかくね。司書子さんにひそかに片想いしている男がいる、と――そういうことにして、話を聞いてくださいよ。ちなみに、もしもその誰かが実際に接触してきたら、いいですね、そんなヤツ、絶対に相手にしちゃダメですよ。ストーキングなんかするヤツは間違いなく危険人物だし、そもそも、そんなキモいことをするのは、どうせキモいヤツですからね。陰気で不潔なキモメンに決まってますから！　きっとロクに風呂にも入ってなくて、頭がフケだらけですよ！」

ストーカー行為とお風呂は関係ないと思いますが……。

「ところで司書子さん、今まで、家の周りをうろうろしている怪しい男を見たとか、そういうことはありませんか？　あるいは、以前にもこんなふうに花束が庭に投げ込まれたことがあるとか」

「……あ」

言われて思い出しました。あります。花束が庭に落ちていたこと……！

あれは、そう、たしか、反田さんがはじめてうちに来た日です。琴里ちゃんの家に行ったあと、反田さんが『指輪物語』を借りに来て、そのお帰りを見送っているときに、やっぱり垣根の根もとに落ちている花束を見つけて……。

そういえば、あの花束、その後、どうなったのでしょうか。落とし物だと思って道路に出しておいたまま、すっかり忘れていましたが、夕方の犬の散歩のときに見た憶えがないということは、落とした人が戻ってきて拾っていったのではないでしょうか。

てっきり、ご近所の方の落とし物だと思っていましたが、まさか、誰か得体の知れない人が、わざと庭に投げ込んでいったということ……？

だとしたら、その怪しい人が、あのあともう一度、うちの前に戻ってきて、花束を回収していった……？

ありえないとは思いつつも、うちの前の道を何度も行き来する怪しい男——黒ずくめの服にマスクとサングラス——を想像して、ちょっと、ぞっとしました。

「……そういえば、ありました」

小さな声で言うと、「えっ!?」と目を剝いた反田さんに、

「なんでそういう大事なことを先に言わないんですか！」と、叱られました。

「ごめんなさい、そのときはただ、ご近所の方がお墓参りの途中で落としたんだろうとしか思わなかったから、そのまま忘れてました……」

スノーウィの件で動転していて、そんな関係ないようなことを思い出す余裕なんか、なかったのです。

反田さんに促されて、あいまいな記憶をたどりながら思い出せるかぎりのことを話すと、反田さんは、どんどん険しい顔になりました。

「これはいよいよ、俺の推理が真実味を帯びてきましたよ……」

「推理というと？」

「まあ、聞いてください。清純可憐な黒髪の司書子さんに想いを寄せるストーカー男。

ひとつめの花束は、愛の告白。これは司書子さんに華麗にスルーされました。司書子さんのスルースキルは超ハイレベルですからね！　そしてふたつめのは……これはね、たぶん、示威行為、脅迫行為なんです。スノーウィを殺すためというよりも、司書子さんを脅すためですね」

「えっ⁉」

「さっき、犬を毒殺するのにジギタリスの花を使うのは不自然だって話、しましたよね。確実性が低いだけでなく、どう考えても目立つじゃないですか。小さな肉団子にでも入れて全部飲み込ませれば毒を盛ったなんて気づかれないだろうに、わざわざリボンを付けた花束なんか使えば、絶対、残骸が残る。実は、それこそが犯人の狙いだったんですよ。実際に犬が死んでも死ななくても、おまえの犬に毒を食べさせたぞ、と、わざと目立つやり方で誇示する――そのためのジギタリスだったんです。それにね、ここ、見てください」

そう言って、反田さんは、また花図鑑のサイトを指さしました。さっきとは別のサイトです。

「ジギタリスには、もうひとつ、花言葉があるらしいですね。これです。〝不誠実〟」

花言葉にネガティブなものもあるのは、よくあることです。ましてや毒のある花ですから、不吉な花言葉もありがちだと思うのですが……。

　反田さんは真剣な表情で続けます。

「俺は探偵小説をいっぱい読んでるからちょっと詳しいけど、ストーカーっていうのは、勝手に相手を自分のものだと思い込んだり、相手も自分を好きに違いないと思い込んだりするんですよ。一方的にそう思い込んでた司書子さんが、最近、俺と、そのう……仲良くしてるから、それを見て、司書子さんが自分を裏切ったと思ったんですね。で、司書子さんの、その〝不誠実〟に対して、警告を与えることにしたんです。『態度をあらためないなら、次はおまえだ』とね」

「えっ……！」

「ストーカーっていうのは、どんなささいなきっかけで恋愛感情が攻撃に転じるかわからないんです。だから、次は司書子さんの身が危険です！　そういうわけで、司書子さん、警察行きましょう。俺、付き添いますから」

　たしかにわたしもちょっと怖くなってきたところですが、冷静に考えれば反田さんの言っていることは根拠のない臆測（おくそく）ばかりなので、いきなり警察に行ってもしかたないような気がします。

「……でも、警察に行って、なんて言うんですか？」

「だから、ストーカーに狙われてるかもしれないから身辺を警護してくれって」

「えっ、でも、そのストーカーって、全部、ただの、反田さんの想像じゃありません？」

「いや、全部じゃないでしょ？　たしかに想像入っちゃった部分もありますが、少なくとも、庭に毒草の花束が落ちていたのは事実ですよ」

「でも、毒草と言ったって、うちの庭を含めて一般家庭の庭で普通に栽培している花ですし、誰かが道ばたに落としたものをたまたまスノーウィが庭に引きずり込んだだけかもしれないし、庭に花束が落ちてたってだけじゃ、警察は相手にしてくれないと思うんですけど……。そもそもスノーウィだって、実は別の病気だったのかもしれないわけですし」

反田さんは顎に親指を当て、しばらく考えてから言いました。

「うーん、まあ、たしかにそうですよね……。これだけじゃ、たしかに、警察も動きようがないですね。じゃあ、警察は、今のところはまだいいです。先に自分たちでもう少し現場を調べましょう」

そう言って、反田さんはふたたび垣根のほうに行きました。

反田さんが垣根を調べている間、わたしは、なんとなく、花束の入ったポリ袋を手に取りました。ほどけかけたリボンをあらためてよく見ると、何か模様が入っています。リボンはよれよれで泥だらけなので、最初はただの汚れだと思って見過ごしていたのです。さらによく見ると、どうやら、模様ではなく文字——アルファベットの飾り文字のようです。もしかすると、これは、お店かブランドの名前なのでは？

なんとか解読した文字は、『Pâtisserie KIHARA』。

『パティスリー・キハラ』というのは、ご近所の木原洋菓子店のことではないでしょうか。そういえば、何年か前に改装したときに看板も新しくなって、店名が横文字になっていたような気がします。

これはもしかして、何か手がかりになるのでは……と思い、声をあげました。

「あの……反田さん。このリボン、パティスリー・キハラって書いてあるみたいなんですけど。もしかして、二丁目の木原洋菓子店のリボンじゃないでしょうか」

「えっ！」

すっとんできた反田さんは、わたしが差し出した花束の袋を奪い取るようにして、顔を近づけました。

「ほんとだ……。そうですよ、これ……。俺、こないだ木原に聞きましたもん、店名を入れたオリジナル・リボンを発注することにしたって。あ、同級生なんですよ、あそこの店主」

「ということは、やっぱり、この花束の主はご近所の方ってことでしょうか」

「その可能性が高いですね！　よし、これは大きな手がかりだぞ！　さっそく今から木原んとこに行きましょう」

「えっ!?　……何をしに？」

「最近誰がケーキを買ったか、木原のヤツに聞くんです。あのリボン、発注したの、つい最近のはずですから」

「えっ……。でも、ケーキを買った人なんて大勢いるだろうし、ケーキ屋さんだって、それを全員憶えていたりはしないのでは……？」

「まあ、何か手がかりがあるかもしれないじゃないですか。行きましょう！」

そういうわけで、反田さんとわたしは、ケーキ屋さんに向かいました。

＊

『木原洋菓子店』あらため『パティスリー・キハラ』は古くからある地元のお店です。

昔は和菓子屋だったという名残りか、どら焼きなども扱っており、ご近所の菓子折り需要を一手に引き受けています。今でこそ駅前にチェーンのケーキ屋もできていますが、昔は、このあたりの子供にとってケーキ屋といえば木原洋菓子店のことで、イチゴのたっぷりのった豪華なデコレーションケーキは子供たちの憧れの的でした。

そんな、子供のころの憧れのお店に、わたしは、今回、はじめて足を踏み入れました。自分でも驚いたのですが、本当にはじめてだったのです。

友達の誕生会だの商店街のクリスマス会だので、ここのケーキを食べる機会は何度もあったのですが、わたしの誕生ケーキは、そういえば、毎年、祖母が焼いてくれていたのでした。それはもちろん、とてもうれしかったのですが、子供心に、友達のお誕生会で出てくる木原洋菓子店の華やかなケーキが、ひそかに少しだけ羨ましかったりしたものです。

祖母亡きあとも、買い物帰りなどにこの店の前を通りかかって心惹かれたことが一度ならずありましたが、ケーキをたったひとつ買うのも申し訳ない気がして、結局、店の前を素通りするばかりでした。

そして今、はじめて見渡す木原洋菓子店の店内は、子供のころに夢見たとおりの、スイートなワンダーランドでした。

数年前に改装されたばかりの明るく清潔な店内は上品なパステルカラーの内装で、ぴかぴかのショーケースには、ずらりと並ぶ洒落(しゃれ)たケーキの数々。アンティーク調のテーブルの上には、可愛いカゴに盛られたバラ売りの焼き菓子。小袋のひとつひとつに色とりどりのリボンが結ばれているので、テーブルの上がお花畑のよう。

レジカウンターの端っこには、愛らしいテディベアがちょこんと座っています。

そして、レジの向こうには……店内のメルヘンチックな雰囲気には思いっきり似合わない、〝学生時代はラグビーをやってました〟みたいな、縦にも横にも大きな、熊のような男性が。

……いえ、ある意味、似合わなくはないですね、大きなテディベアだと思えば。

この方が、店主の木原武(たけし)さんでした。

武さんは反田さんに「おお、タンテイ」とほがらかな声をかけ、続いて入ってきたわたしを見て「お？　おおっ？」と目を見張り、わたしと反田さんを交互に見比べました。

そんな武さんに、反田さんは、いきなり切り出します。

「よお、木原。あのさ、最近、ここで誰がケーキ買ったか教えてくんない？　ケーキだけじゃなく、箱入りの菓子を買ったヤツも」

「はぁ？　何だって？」

武さんは、思いっきり不審そうな声を出しました。

「『誰が』って……。ここ、ケーキ屋だからさ。みんなケーキとか菓子とか買ってくよ。店に来た人、ほとんど全員だよ。そんなのいちいち憶えてねえよ。俺だってずっとここに立ってるわけじゃねえしさ」

仁王立ち（におうだち）で腕を組み、反田さんをじろりと睨む武さん。……いえ、別に睨んでいるわけではないのかもしれませんが、体格とお顔に迫力がおありなので……。

あまり背が高いほうではない反田さんは武さんに見下ろされる形になっていますが、負けずに言い募りました。

「じゃあさ、おまえがいるときに店に来た客の中に、怪しげなヤツ、いなかったか？　陰気な感じの若い男とか。たとえば、ヒョロくて生っ白くて目つきが陰険で、わけもなくキョドってて、いかにも悪いことしそうな危ない雰囲気の……」

反田さんの頭の中の架空のストーカーさんに、いつのまにか妙に具体的な設定がついています。

武さんはわけがわからず、ちょっとぽかんとしていました。

「はぁ？　来ねえよ、そんなヤツ。誰だよ、それ……。知り合い？」

しかたなく、横から、

「あの……反田さん、最初から事情をお話ししたほうが……」と、口を挟みました。

反田さんの説明を聞いた武さんは、難しい顔で、うーん、と首をひねりました。

「うちの店のリボンって、こないだ作った新しいヤツだよな？　店名入りの。……それさあ、まだ、使ってないんだよ」

どういうことかと首をかしげるわたしたちに、武さんは事情を説明してくれました。

「それ、おととい納品されたばかりなんだけど、店にはまだ古いリボンの使いかけのロールが残っててさ。それを使い終わったら新しいのを出そうってことになって。だから、今日もまだ、ほら、そこの」と、武さんはレジの背後の吊り棚を肩越しに指し示しました。どこにでもある、赤やピンクのナイロンリボンの、残り少なくなったロールが棚の下に並べてぶら下げてあります。

「その、古いほうを使ってるんだ。新しいのは、納品されたときに開けて検品して、それから、嫁さんが、そこの熊の首につけただけでさ」

そう言って指さしたテディベアの首には、たしかに、花束についていたのと同じ、シックなロゴ入りのリボンが巻かれています。

武さんは、お店にテディベアが飾ってあることが照れくさいのでしょうか、誰も尋ねていないのに言い訳してくれました。

「この熊、嫁がここに置いたんだよ。なんでも、うちの店のマスコットだとか言って。なんでケーキ屋に熊なんだよ、熊なんかケーキと関係ないじゃん、ねえ？　ハチミツ屋だったらわかるけどさあ」

えっと、それは、たぶん、ご主人が熊さんに似ているからだと思います……。たぶん、奥様もそう思っているんだと……。でも、失礼だから黙っていましょう。

「じゃあ、お客様に売ったものに、まだ一度もこのリボンはかけていないんですね？」

念のため確認してみると、武さんはまた首をひねりました。

「そうなんだよ。それがなんでお宅の庭にあったのか……」

「このリボンは、どこに保管していたんですか？　お店に入ってきた人が勝手に取れるような場所には置いてないですよね？」

「取れないと思うよ。ここの」と、ご自分の足元を指さして、「カウンターの裏の棚に置いてあるから。で、夜はちゃんとシャッター下ろして鍵もかけてるし。だいたい、金目の物ならともかく、リボンの数十センチなんてわざわざ盗むヤツいるか？」

「じゃあ、このリボンを使った可能性があるのは、ご家族か従業員の方だけということになりますね」

「うん、別に鍵のかかる場所にしまったりしてないから、うちの人間なら、だれでも好きに使えるね。残りのメートル数を測ったりもしてないから、ちょっとくらいなら、減っててもわからないな」

そこまで聞いた反田さんが、突然、武さんに指を突きつけて叫びました。

「じゃあ、おまえがストーカーか!?」

「はぁ!?」

わたしと武さんと、同時に間の抜けた声をあげてしまいました。

「だって、そのリボンに触ることができたのはおまえと家族だけなんだろ？　で、ミチルさんとかが司書子さんのストーカーなわけないだろ？　だったら、一番可能性が高そうなのはおまえじゃん！」

ミチルさんというのは、きっと、奥様のお名前ですね。

「バカ言うなよ……。俺、この人に会うの、今日がはじめてなんだからさ」

あきれてため息をつく武さん。

「じゃあ、おまえの親父さんか!?」

話が迷走しはじめたので、しかたなくわたしが武さんに尋ねてみました。

「あの……もしかしたら、誰かご家族の方が、おといから今朝の間に、お友達へのプレゼントとかご近所へのお裾分けの何かを包むのに、このリボンをちょっともらって使ったということはないですか？」

「ああ、なるほど！」

横で聞いていた反田さんが、ぽん、と手を打ちました。

「で、それをもらった人か、その家族がリボンを取っておいて、今朝、花を束ねるのに使った、と。そういうことですね？　司書子さん」

武さんがうなずきました。

「うん、まあ、家のもんに店のリボンを使うなとは別に言ってないから、誰かがよそんちに持ってくものに使ったっていうのは、ありえるね」

反田さんが勢い込んで、武さんに頼みました。

「じゃあ、家の人に聞いといてよ。誰かこのリボン使わなかったかって。使ったなら、どこの家に持ってったかって」

「いいけどさあ……。うちの家族の知り合いとか、そこんちの家族がストーカーなんてことはないと思うよ」

「ああ、まあ、そうだろうけどさ。でも、そこからさらに別の人の手に渡って……ってこともあるかもしれないじゃん」

「あるかぁ？　そんなこと。しかもたった一日二日のうちだろ？」

武さんは思いっきり疑わしそうにしています。が、反田さんは引き下がりません。

「いいから、とにかく一応聞いてみてよ」

「おう。わかったよ。親父とお袋は厨房にいるから、きりがついたら聞いてやる。ばあちゃんは出かけてるから、帰ってきたら聞いとくよ」

そこで武さんは言葉を切り、突然、ニヤリとしました。

「ところで、タンテイ、おまえ、なんでそのお嬢さん――シショコさん？――の家にいたわけ？」

「たまたまだよ！　借りてた本を返しに行ったんだよ！」

「へぇえ……。本の貸し借りなんてしてんだ？　いいねえ。青春だねえ！」

武さんがニヤニヤすると、反田さんは　腰に手を当ててふんぞりかえってみせました。

「ええ青春ですよ？　それが何か？　どうだ、いいだろう！」

なぜか威張っている反田さん。おふたり、仲が良いのですね。

……と、そこで反田さんが、予想外のことを言い出しました。

「そうだ！　ねえ、司書子さん。俺、そろそろ時間なんで、店番しに帰らなきゃならないんだけど、ストーカーが家の周りをうろついてるかもしれないのに、司書子さんを番犬のいない家にひとりで帰すのは心配です。だから、もし用事がなければ、俺が戻ってくるまで木原んちで時間つぶしててくれませんか？　夕方には戻ってこられるから。ここなら動物病院にも近いから、何かあればすぐ駆けつけられるし。なあ、木原、いいよな？」

突然の言葉に、わたしは仰天（ぎょうてん）しました。いくら反田さんのお友達だとはいえ、わたしとは今までなんの面識もなかった人の家に、突然訪ねていって今から上げてくれというのは、あまりに厚かましいのではないでしょうか。

が、武さんは、たいして驚くでもなく、

「おっ？　おう、いいよ。歓迎歓迎、大歓迎」と、鷹揚（おうよう）にうなずきました。

わたしはあわてて遠慮しましたが、武さんは、

「いやいや、そうしてくれるとこっちもありがたいんだ」と言うのです。

「実はうちの嫁が、今、コレなんだけどさ……」と、ごつい手で〝お腹が大きい〟というゼスチャーをして、

「こないだの検診で医者からしばらく自宅安静って言われちまって、本人は元気なのに、おとなしくしてなきゃいけなくて退屈してるんだよ」

「まあ……。それは心配ですね」

「そうなんだよぉ。だからもう上げ膳据え膳で、トイレ以外は立ち歩き禁止。トイレ行くのに階段上がり下りしなくていいようにって、昼間は応接間のソファで横になってんの」

横から、反田さんが口を添えます。

「コイツの嫁さん、普段、手も口も一瞬も止まってないような人だから、家にじっとしてなきゃいけないんじゃ、相当参ってるはずですよ」

「そうそう」と武さん。

「いつもレジに立ってお客さんと延々くっちゃべってんのに、今は店にも出られないしさ。で、昼間は俺たち、ずっと店か厨房にいるし、じいちゃんは入院しちまったし、ばあちゃんはその付き添いだしで、今日なんか誰も話し相手がいないんだよ。迷惑じゃなければ相手してやってよ」

どうしていいかわからなくなって、助けを求めて反田さんの顔を見ると、反田さんは、そっとわたしに言いました。

「ミチルさんは気さくな人だから、きっと仲良くなれますよ。それにね、司書子さんは今、ひとりにならないほうがいいんじゃないかな」

やさしく目尻を下げた、労(いたわ)るようなほほえみに、はっとしました。

もしかすると、反田さんは、わたしがひとりでスノーウィの心配をしていなくていいようにと考えてくれたのでしょうか。もしかして、わたしを強引に家から連れ出したのも、気を紛らわせようとしてのことだったのでは？

考えすぎでしょうか。でも、反田さんは、そういう人のような気がします。

それに、たしかに、わたし、今ひとりで家にいると、何も手につかないし、きっと、悪い方へ悪い方へと考えて、落ち込んだり泣いたりしてしまうでしょう。

それで、結局、お言葉に甘えることになりました。

反田さんは、夕方わたしを迎えに来て、それから一緒に動物病院へ行くという約束をして、いったん反田洋品店に戻りました。

*

応接間のソファで横になっていたミチルさんは、あの大きな熊さんの奥さんだと思うとほほえましくて笑ってしまうような、小さくて可愛らしい方でした。武さんはゼスチャーで大きなお腹を描いてみせていましたが、実際は、お腹はまだまったく目立ちません。

「こんな格好でごめんねぇ」とクッションにもたれながら、明るい笑顔でうれしそうに迎えてくれました。

一瞬だからとお店を離れて案内してくれた武さんは、わたしたちを引き合わせたあと、律儀にミチルさんに尋ねてくれました。

「ところでミチル、店の新しいリボン、あれから使ってないよな？」

「うん。なんで？」

ミチルさんはきょとんとしています。目をぱちくりさせて首をかしげるさまが、小動物のようで可愛らしいです。

「このシショコさんちの庭に、うちのリボンを結んだ花束が落ちてたんだってさ」

「えっ、なに？　どういうこと？」

「俺、店空けて来ちゃってるから、事情は本人から聞いて」

そう言って、武さんは急いでお店に戻っていきました。

後ろ姿を見送って、ミチルさんが言います。

「わたしがこんなだから、たっくんがわたしの分もレジ入ってくれてるんだぁ。お義父さんやお義母さんにも迷惑かけちゃって申し訳ないなぁ」

そう言いながらあっけらかんと笑っていますが……武さんのこと〝たっくん〟と呼ん

でいるのですね。失礼ですが似合わなすぎて、笑いを噛み殺しつつ尋ねました。

「アルバイトの人とかはいないんですか？」

「いるけど高校生だから、今はテスト期間中で休み。ところで、花束がどうとかって、なに、なに、何の話？」

興味津々といった様子で目を輝かせるミチルさんに事情を説明すると、ミチルさんは、

「えーっ、わんちゃん、大丈夫!?」と、心配してくれました。

「ええ、荻原先生に診てもらって、もう大丈夫だと。今、念のために病院で預かって様子を見てくれてます」

「ああ、荻原動物病院！　あそこ、隠れた名医だよね。じゃあ、もう安心だね！」

明るく言い切られて、なんだか元気が出てきた気がします。

「それでわたしにリボン使ったかどうか訊いたんだ？」

「そうなんです。何かお心当たりはありませんか？」

「うーん……。バイトのタエちゃんは昨日、おとといは来てないから、わたしとたっくん以外でリボン使ったとしたら、お義父さんとお義母さん、それかおばあちゃんだよね。おじいちゃんは今朝から入院してるし」

「まあ……。さきほど武さんもおっしゃっていましたが、お祖父様、お悪いのですか？」

「あ、大丈夫、大丈夫。別に急病で倒れたとかじゃなくて、前々から順番待ちしてたちょっとした手術のための待機入院だから。今のとこはぜんぜん元気で、入院する前も、お義母さんやおばあちゃんが自分の入院の支度をしてくれてるのに、ひとりで勝手にふらふら出歩いてたくらい。お義母さんたちも、忙しいときに周りをうろうろされるよりいいって、好きにさせてたけど」

「そうなんですか」

「ま、入院中じゃなくても、まさかおじいちゃんがリボンなんか使うわけないしね！」

ミチルさんは、あははと笑いました。

「それを言ったらお義父さんもね！　店以外でリボン使うような人じゃないから。それを言ったら、たっくんもそうだけどさ！　そういうセンス、ぜんぜんないの。ケーキは可愛いの作るのにね。だから、お店のインテリアとか、全部わたしの趣味。カウンターの熊、見た？　あれもわたしが作ったんだよ」

「えっ、そうなんですか？　すごい！　可愛いです！」

あまりにクオリティが高く、まさか手作りだとは思っていなかったので、本気で感心して声をあげてしまいました。

「でしょ！　実はたっくんをイメージしてるんだ！」

……やっぱり。思わず笑ってしまいました。

「あっ、笑った！」とミチルさん。「やっぱり、シショコさんも思ってたんでしょ？　たっくん、熊みたいだって」

「……いえ、そんな……」

まさか『はい』とは言えなくて、必死で笑いを嚙み殺していると、ミチルさんは、

「遠慮しなくていいよぉ、どうせみんなそう思ってるんだから！」と、きゃはきゃは笑います。本当に明るい人です。

「じゃあ、リボンを使うとしたら、お義母様かお祖母様でしょうか」

「だよね」

ミチルさんは、小さな顎に指先を当てて、うーん、と、くちびるをすぼめました。

「お義母さんたちは今、厨房にいるんだよね？」

「ええ、武さんが、あとで聞いてくださるそうです」

「じゃあ、あとはおばあちゃんだね」

そう言ったとき、かちゃりと玄関が開く音がしました。

「あ、噂をすれば、おばあちゃんかな？」とミチルさん。

ご挨拶しなくていいのかしら……とそわそわしていると、玄関のほうから人の話し声

が聞こえてきました。ひとりは武さんのようです。木原洋菓子店は自宅と店舗が扉を隔てて隣接する造りで、自宅玄関前の廊下がそのままお店に通じているので、帰ってきたご家族に武さんがお店から声をかけたのでしょう。

「やっぱりおばあちゃんだ。病院から帰ってきたんだね」とミチルさん。

しばらくして、お祖母様が応接間に入ってきました。

「いらっしゃいませ。司さんね？　はじめまして。武の祖母のキヨです」

おっとりとした雰囲気の、ふっくらまあるいおばあさんでした。

「はじめまして。お邪魔しています」

あわてて立ち上がって頭を下げます。

すると、キヨさんは、思いがけないことを言い出しました。

「ご迷惑をおかけしてごめんなさいね。お宅のお庭にあったっていう花束ね、たぶん、うちの人のしわざなのよ」

*

『うちの人』というのは、キヨさんの旦那様、つまり武さんのお祖父様の正一（しょういち）さんのことだそうです。

応接テーブルの向かいに腰掛けたキヨさんが話してくれました。

隣の鶸岡市にある総合病院に今日から入院している正一さんは、ミチルさんも言っていたとおり、朝、キヨさんたちが入院の支度をしている間に、『ちょっと行ってくる』とだけ言い置いて、ふらっと姿を消したのだそうです。そのとき手に何か花束のようなものを持っていたようだったので、そういえば珍しく庭で何かしていたと思って見にいってみると、ちょうど咲いていたジギタリスが何本か切られていたとのこと。それで、てっきり、お供え用に花を切って入院前の最後の墓参りに行ってきたのだろうと思い込み、帰ってきてからも特に行き先を詮索しなかったそうです。

ところが、今、武さんの話を聞いて、正一さんの外出先がお寺ではなくわたしの家だったということを知り、その理由に、思い当たることがあったそうなのですが……。

ここで、キヨさんは、奇妙な頼み事をしてきました。

キヨさんは、どういうわけか、その、思い当たった理由というのを、自分の口からではなく正一さんご本人から直接聞いてやってほしいというのです。

いったい、どういうことでしょうか。

困惑しているわたしを見て、キヨさんは、

「いきなりこんなこと言われても困るわよね。変なことを頼んでごめんなさいね」と、気弱な笑みを見せました。

「いえ、そんな……」と答えましたが、思いがけない事態に、どうしていいかわかりません。

結局、少し考えさせてください、と答えるのがせいいっぱいでした。あとで反田さんと相談してみましょう。

それからしばらく、キヨさんを交えて、応接間でおしゃべりをしました。

木原洋菓子店は、うちからそんなに遠くないのですが、わたしは、この家に祖母と同年代のおじいさんやおばあさんがいることを知りませんでした。

でも、キヨさんのほうは、わたしのことは知らなかったけれど、祖母のことは、子供のころから知っていたということです。

これは祖母からも聞いていたことですが、祖母の一家は戦前からここに住んでいて、そのころ、祖母の父――つまりわたしの曽祖父は、ここで小さな病院をやっていたのだそうです。

そして、キヨさんが言うには、病院のひとり娘だった祖母は幼少のころから評判の美少女で、頭が良くてしっかりものな上に、どことなく垢抜けて大人っぽく、近所の男の子たちの憧れの的だったとのこと。

「たぶん、うちの人も、子供のころ、あなたのお祖母様に憧れていたのよ」と、キヨさんは懐かしげにほほえみました。「この辺の男の子は、だいたいみんなそうだったもの」

わたしの自慢の祖母が、昔そんなに美少女だったり男の子たちの憧れの的だったりしたというのは、なんだかうれしく誇らしい気持ちです。

キヨさんは、ミチルさんからスノーウィの件を聞かされて、「ええっ！」と青くなりました。卒倒でもするのではないかと心配になり、あわてて、本当にジギタリスのせいかどうかはわからないと説明しましたが、知らなかったとはいえ毒のあるものをわんちゃんの鎖の届くところに置いたなんて申し訳なかった、万一のことがあったら取り返しがつかないところだったと平謝りした上で、お詫びに、わんちゃんにうちの店の予約限定犬専用ケーキをプレゼントするから、と約束してくれました。お砂糖を使っていない、犬の健康に良いケーキなのだそうです。木原洋菓子店――いえ、パティスリー・キハラは、今はそんなものまで作っているのですね。

＊

夕方、約束どおり迎えに来てくれた反田さんと、動物病院にスノーウィを引き取りに行きました。

電信柱が長い影を落とす路地を並んで歩きながら、あの花束が木原洋菓子店のお祖父様のしわざだったらしいことを話すと、反田さんは、

「はぁっ!? それは思わぬ急展開ですね……」と、目を丸くしました。「じゃあ、木原んちのじいさんが司書子さんのストーカーだったってわけですか?」

「いえ、そういうわけじゃないようなんですけど……わたしも、まだ事情がよくわからないんです。でも、キヨさんがおっしゃるには、おじいさんにはスノーウィに危害を加えるつもりもわたしを怖がらせるつもりもなかった、それは絶対間違いないから、もう心配はいらないって」

「そりゃそうだ、木原んちのじいさんがスノーウィを殺したがってたり司書子さんを脅迫してたりだなんて、そんなバカなですよね」と、反田さんが笑いました。

電線の上でムクドリの群れが騒ぎ、どこかの家の夕ご飯でしょう、おいしそうな煮物の匂いが漂ってきます。

「しかし、それじゃじいさんは、なんでまた司書子さんちに花束を投げ込んだりしたんです?」と反田さん。

「それが……キヨさんには見当がついてるらしいんですけど、教えてくれないんです。何か、ご本人から直接聞いてやってくれと頼まれてしまって。どうしましょう……」

「えっ、本人って、入院してるんでしょ？」

「はい、だから、病院に行って会ってやってくれって」

「えっ。司書子さん、木原のじいさんと面識もないのに？　そりゃまた妙な話だなあ」

しきりと首をひねる反田さんに、ちょっと笑ってしまいました。やっぱり、キヨさんの頼みは、反田さんから見ても変なのですね。わたしの感覚がおかしいわけではなかったようで、安心しました。

「やっぱり変ですよね。何かわけがあるんだろうとは思うんですが。ただ、会ったこともないおじいさんのお見舞いに行くなんて、ちょっと気が重いというか……。それで、どうしようかなあと思ってるんですけど……」

反田さんは、しばらく考えて、

「うーん。忙しいとかじゃなければ、行ってあげたらどうです？」と言いました。

「そりゃあ、どこの誰ともしれないヤツだったら、たとえ年寄りでもストーカーかもしれないんだから、止めますよ。司書子さんの身に危険が及ぶ可能性がありますからね。でも、木原んちのじいさんでしょ？　だったら危険はないだろうし、なんだか知らないけど、それで年寄りが喜ぶなら、まあいいじゃないですか」

気軽な調子でそう言ったあと、ちょっと声音をあらためました。

「それに、じいさんの病院、鶵岡総合病院って言ってましたよね？」

「はい」

「それってさ、実は、けっこう大手術なんじゃないの？」

……あ。言われてみれば。

わたしは自分のうかつさに愕然（がくぜん）としました。今思えば、入院するのが近所の杉本病院とかではなく、鶵岡の大きな総合病院だという時点で、察していてしかるべきだったのです。

「司書子さんは、木原たちが簡単な手術だっていうのを疑いもせずに信じてたんだろうけど」

反田さんの言葉に、また愕然となります。疑うという発想自体がありませんでした。

ミチルさんたちはきっと、わたしに気を遣ってああ言ったのでしょう。

「やっぱりでした？」

「はい……」

しゅんとなって肩を落とすと、反田さんは、

「まあ、そういうのが司書子さんのいいところなんですけどね！」と笑ってくれました。

そして、すぐ、真面目な声に戻りました。

「じいさん、もしかして、このトシで大きな手術なんかしたら寝たきりになるかもとか、そこまでいかなくても、今までのようにひとりで自由に出歩けなくなるかもと思って、弱気になってるんじゃないですかね」

たしかに、それまで自分の足で歩き回っていたお年寄りの方でも、怪我などで入院すると、そのまま足腰が弱って寝たきりになったり、車椅子や杖が必要になったりすることがあると、よく聞きます。祖母はそういうことになる前に、そのまま逝ってしまいましたが……。

反田さんは、わたしの顔を見て、小さくうなずきました。

「そんな状況で、わざわざ入院前のゴタゴタを抜け出してまで、司書子さんちに花束を投げ込みにきたわけですよ。理由はわからないけど、じいさんにとっては、きっとよっぽど大事なことだったんでしょう。だから、話を聞いてあげてもいいんじゃないですか？」

反田さんは、わたしを励ますようにほほえんで、付け加えました。

「それに、司書子さんも事情を知りたいでしょ？　俺も知りたいですよ」

そうですよね、知らないおじいさんに会うのが気が進まないというだけでこのまま引っ込んでしまっては、病気のお年寄りを無下にしてしまったかのような後ろめたさが残るだけでなく、いろんな事情がわからないままになって、のちのちまで気になってしまうでしょう。

黒いシルエットになって賑やかに飛び去ってゆくムクドリの群れを見送りながら、心の天秤をそっと傾けました。

＊

スノーウィは、わたしたちの姿を見ると大喜びで尻尾を振って診察室から飛び出してきました。その元気な姿を見たら胸がいっぱいになって、屈み込んで抱きしめました。スノーウィが無事で、本当によかった！

結局、あれがジギタリスのせいだったのかどうかは、先生は明言してくれませんでした。もしかすると血液検査でもすればわかるのかもしれないけれど、もう元気になったのだし、そこまでする必要はないでしょう。スノーウィが元気になりさえすれば、それでいいです。もう元気になったのに注射をするのは可哀想ですし。

家に戻ったころには、そろそろ薄暗くなりかけていました。わたしがスノーウィを繋いで水をやっている間に、反田さんは、念のためにと家の周囲と庭を見回ってくれ、それから、わたしがいったん中に入って家の中を点検して戻ってくるまで玄関で待っていてくれました。万が一、あの花束が正一さんのしわざだというのがキヨさんの勘違いであった場合、本物のストーカーが別にいるかもしれないのだから、と言って。

そして、やっぱりまだ心配だからと、自分のスマートフォンの電話番号を教え、何かあったら夜中でも構わないからすぐ電話するようにと言ってくれました。

そういえば、わたしたちはまだ、お互いの電話番号やアドレスを交換していなかったのです。わたしも電話番号とメールアドレスを教えて、お互い、アドレス帳に登録しました。琴里ちゃんの事件のときにこの番号を知っていたら、反田さんのお宅に電話するのにあんなに悩まなくてすんだのに……と、ほんのひと月前のことが、なんだか懐かしく思い出されます。

思えば、あのときも、反田さんにはとてもお世話になりました。そして、今日もまた。

反田さんは、今日、お店番の予定をご家族に代わってもらってまで、わたしに付き添ってくれたのです。それなのに、わたし、反田さんに、まだあまりちゃんとお礼を言っていなかったような気がします。

「いいですか、本当に差し迫って危険なときには、俺じゃなく110番してくださいよ。で、警察は大げさかもしれないけどちょっと不安だってことがあったら、遠慮なく俺に電話してください。じゃ」

心強い言葉を残して踵を返した反田さんの、夕日に照らされた背中を思わず呼び止めました。

「……あの！」

「はい？」

夕日の中で、やさしい笑顔が振り向きます。

「あの、反田さん……今日は本当に、いろいろとありがとうございました。わたし、キヨさんに――木原さんのお祖母様に、連絡してみます。キヨさんと一緒に、病院に行ってみようと思います」

反田さんは大きくうなずいて、にかっと笑ってくれました。

司書子さんの児童書案内 3

『ピーター・パンとウェンディ』
ジェームズ・M・バリー（著）、大久保寛（訳）／新潮社

『ケンジントン公園のピーター・パン』
バリー（著）、南條竹則（訳）／光文社

ピーター・パンといえば、ティンカーベルやフック船長が出てくる『ピーター・パンとウェンディ』が有名ですが、彼のお話は、実はもうひとつあって、その、いわば“もうひとつのピーター・パン”は、ケンジントン公園が舞台なのです。だからケンジントン公園にピーター・パンの銅像があるんですね。そちらを読むと「自分の知ってるピーター・パンと違う」と驚く人もいるかも？趣の違うふたつのお話、ぜひ両方味わってみてほしいです。

想い出の庭

電車で三駅先の隣町である鷄岡は、我が御狩原よりちょっと大きな市で、のどかでこぢんまりした御狩原にくらべると、ちょっと都会で、ちょっと賑やかです。子供のころ、〝街に行く〟といえば鷄岡に行くことでした。

けれど最近ではめっきり足が遠のいて、もしかしたら、祖母が亡くなって以来、一度も行っていなかったかもしれません。今は地元で揃わないものはなんでもネット通販で買えてしまいますし、何より、年に何度か鷄岡のデパートに行くのを楽しみにしていた祖母が、もういないのですから……。

だから、鷄岡行きの電車に乗るのも、そういえば、ずいぶんひさしぶりなのです。

わたしは、木原家のキヨさんと向かい合って、ボックス席に座っているのでした。キヨさんは正一さんの着替えの入った大きな紙袋を隣に置いています。もうひとつある重いほうの荷物は、わたしがお持ちしました。

こんなふうに、普段と違う人と、持ち慣れない荷物を持って座っていると、この電車が、まるで遠くに行く電車のように感じられます。梅雨はどこへやらという青空の下、風に波打つ青田や果樹畑と、ときどき現れる小さな家並みが交互に車窓を流れていきます。見慣れたはずのそんな景色も、別に変わっていないはずの車両さえ、どこか見慣れないものに感じるのは、これから知らない人に会いに行くという新鮮な緊張感のせいでしょうか。

がたん、ごとんという電車の音を伴奏に、キヨさんが、これからお会いする正一さんのことを話してくれました。

正一さんは、太平洋戦争末期に十八歳で徴兵されて大陸に渡り、すぐに終戦を迎えたものの、何かの事情で引き揚げに取り残され、戦後何年もたってから、やっと戻ってきたのだそうです。その間、手違いで死んだものと思われていたので、家業はすでに弟が継いでおり、和菓子屋のひとり娘だったキヨさんの婿に入ったとのこと。

平穏に暮らしているように見えるご近所のお年寄りにも、そんな激動のドラマがあったのですね……。

正一さんには、すでに、武さんから、わたしが訪ねることも、その理由も話してあるとのことでした。

ただ、不思議なことに、正一さんに対しては、妻のキヨさんは事情を何も知らないということにしてあるのだそうです。キヨさんは、ただ、孫の武さんに頼まれて、理由も知らずにわたしを連れてきただけということにしてあるから、わたしもそのように口裏を合わせてくれ、と。

奇妙な話ですが、ご家族の言うことですから、何かしら理由があるのでしょう。

話を聞いているうちに、窓から見える建物がだんだん高くなり、街並みが連続しはじめて、電車は切り通しのようなビルの谷間を抜け、ホームに滑り込みます。

ひなびた御狩原駅前とは違って高いビルに囲まれた駅前ロータリーに降り立てば、梅雨晴間の日射しに照らされて、コンクリートに陽炎（かげろう）が立っていました。

正一さんが入院している鶏岡総合病院は、駅から少し坂を上がった小高い丘にそびえ立っています。

正一さんの病室は三人部屋でしたが、他の方は検査やリハビリで出払っており、寝間着姿の正一さんだけが、窓際のベッドで身を起こしていました。

病室は五階にあるので、窓の外、真夏を思わせる青空の下には、鶏岡や御狩原の街並みが、おもちゃのように広がっています。埋立地（うめたてち）の向こうに遠く霞（かす）んで、四角く切り取られた海も見えました。

キヨさんは、「司さんのお孫さんがお見舞いに来てくれましたよ」とわたしたちを引き合わせると、一階のコインランドリーで洗濯をしてくるからと言って病室を出て行きました。

正一さんは、しばらく黙ってじろじろとわたしを眺めてから、急に、むすっと言いました。

「あんたがミサ子さんの孫か……。ミサ子さんのほうが美人だったな」

どうやらがっかりさせてしまったようで、ちょっと申し訳ないような気持ちになります。

そんなわたしを見て、正一さんは、

「いや、あんたはあんたで美人だけどな」と、急いで付け加えました。気を遣ってくれたようです。

「ミサ子さんが赤いバラなら、あんたは白バラか白百合だなあ」ですって。最初、むすっとした愛想の悪そうな人だと思いましたが、案外お口がお上手な、おもしろいおじいさんでした。しかも、なかなかの詩人さんです。

正一さんは、口調をあらため、

「あのジギタリスのことな……。怖がらせてしまったそうで、悪いことをした」と、謝ってくれました。

それから、正一さんは、ときおり照れくさそうに窓の向こうの夏空に目をやりながら、ぽつりぽつりと話をしてくれました。

「今日は、あんたが来てくれたら、いろいろ白状しようと覚悟を決めてたんだよ」と言って。

あの花は、正一さんから、うちの亡き祖母に捧げられたものだったのでした。

正一さんは、ぶっきらぼうな口調ながらも話し上手で、ときにユーモアも交えたそのお話に、わたしは引き込まれました。


キヨさんも言っていたとおり、少年時代の正一さんは、うちの祖母に憧れていたのだそうです。といっても、祖母のほうがひとつ年上だったこともあり、遠くから憧れていただけでほとんど口をきいたこともなかったそうですが。

そんな正一少年は、当時働いていた軍需工場への行き帰りにうちの垣根の前を通るとき、たまに、庭に出ているひとり娘のミサ子さん――〝祖母〟というのも変なので、こう呼ぶことにしましょう――の姿をちらりと見ることができるのを、辛いことの多かった戦時下の生活の中で、ひそかな楽しみとしていました。ミサ子さんも、よく家の前を通る正一少年のことは見憶えていて、気がつけばほほえんで挨拶をしてくれたりしたそうです。そんなとき、正一少年は、挨拶を返すのがやっとで、それ以上話しかけることもできずに、真っ赤になった顔を帽子のつばに隠すためにうつむいて、逃げるように足を速めて通り過ぎるばかりだったとか。

戦時中でも司医院の庭にはいろんな花が咲いていて、そこだけまるで別天地のようだったと、正一さんは言いました。よく見れば、実際には庭のほとんどはサツマイモやカボチャの畑になっていたのだけれど、隅のほうや塀際にいろんな草花が乱れ咲いていたので、一見、花園のようにも見えた、と。そんな花園に佇(たたず)んでほほえむミサ子さんは、もんぺ姿にもかかわらず、まるで天女のようだった、と。

思うに、それは、薬草の花だったのではないでしょうか。祖母の亡き祖父――つまりわたしの高祖父も医者をしていて、生薬(しょうやく)を取るために庭で薬草を栽培しており、遺されたその薬草園を、祖母が世話していたと聞いたことがあります。これはわたしの想像ですが、戦時中で薬が不足したため、もともと庭にあった薬草を育てて使おうと思ったのかもしれません。そして、ジギタリスもそうですが、薬草には花も美しいものがたくさんあります。

そんな具合で、たまに垣根越しに挨拶を交わすだけの間柄だったふたりですが、初夏のある日、正一少年は、朝日を受けて草花の世話をするミサ子さんに見とれるあまり、つい、垣根の前で足を止めてしまったそうです。その気配にふと顔をあげたミサ子さんは、その日に限って作業の手を止め、ちょうど鋏(はさみ)で切ったところだったジギタリスの一枝を持ったまま、垣根の近くまでやってきたのだそうです。そして、おはよう、と、正一少年に声をかけました。美しい花を手に、にっこり笑って。――正一少年は、どんなにドキドキしたことでしょうか。

ミサ子さんは、緊張のあまり直立不動の正一少年に、垣根越しにジギタリスを差し出して見せ、

「この花の名前をご存じ？」と尋ねました。

正一少年は、もちろん知りませんでした。

「ジギタリス、というのよ。心臓の薬なの。毒にもなる。飲むと心臓がドキドキするのですって」と、ミサ子さんは声をひそめました。

「きっと、だからなのね。花言葉は、〝隠しきれない胸の想い〟……」

そう言って、ミサ子さんは、秘密めいたほほえみを浮かべたそうです。

正一少年は、ミサ子さんに自分の想いを見透かされていたのかもしれないと思って、いたたまれなくなると同時に、もしかしたら――本当に、もしかして、もしかしたら――向こうも少しだけでも同じ気持ちを持ってくれているのかもしれないと妄想して、それこそジギタリスの毒を飲んだみたいに胸を高鳴らせたのでした。

けれど、結局、それからもふたりは特に口をきく機会もなく、戦況は悪化の一途をたどり、恋愛どころではないまま、正一さんは十八歳で兵隊に取られ、苦労の末にやっと帰ってきたときには、ミサ子さん――祖母は、すでに結婚していました。

……それを聞いて、わたしは反田さんが気にしていたジギタリスのもうひとつの花言葉『不誠実』を思い出し、もしかして正一さんは、自分を待たずに他の男と結婚した祖母を不実と感じたのかと思いかけましたが、そういうわけではないようでした。おそるおそる水を向けてみると、正一さんは、すごく思いがけないことを聞いたという顔で、「自分は死んだと思われていたのだし、そもそもろくに口をきいたこともなく、何か約束をしていたわけでもないのだからしかたがなかった」と言いました。

そして、そのあと、さらっとこう付け加えました。

「それに、そのおかげで、俺はうちのバアサンと一緒になれたんだしな」

わりと仏頂面のまま、つるっとおっしゃったその一言を、ぜひキヨさんに聞かせてあげたかったです。だって、正一さん、ご本人の前では、きっとそんなこと口に出さないのでしょうから。

＊

帰りがけ、駅のベンチに並んで腰掛けたキヨさんに、

「今日はうちの人の話を聞いてあげてくれてありがとう」と頭を下げられました。

「いえ、こちらこそ、貴重なお話を伺わせていただいてありがとうございました」

頭を下げ返すわたしに、キヨさんは静かにほほえみました。

「うちの人はね、今日の話を、誰かに聞いてほしかったと思うのよ。生きているうちに、一度、誰かに話しておきたかったけど、でも、わたしや息子には話したくなかったと思うの。だから、聞いてくれてありがとう。他ならぬあなたに聞いてもらえて、本望だったと思うわ」

たしかに、奥様や息子さんには聞かせにくい話ですね。赤の他人には話せるけれど、家族だからこそかえって話せないことって、あるのですね。わたしだって、先生との想い出を、祖母にも父にもずっと話せなかったし、話したいとも思わなかったけれど、赤の他人の反田さんには、ちょっとしたもののはずみで、ぽろっと話してしまいました。そして、話してしまってから、自分はこれを誰かに聞いてもらいたかったのだと気づきました。

正一さんは、祖母とのことだけでなく、戦争体験自体を、ご家族には一切語っていないのだそうです。だから、終戦から帰国までの間にどこで何をしていたかも、ご家族は誰ひとり知らないのだとか。そこには、きっと、何十年を経ても忘れられない波瀾(はらん)の旅路があったでしょうに。

　お年寄りって、長い長い物語が書いてある本みたいですね。

人によって波瀾万丈だったり、それなりに平穏だったりと、一冊ずつ全部違う物語が書かれた、分厚い、分厚い本。

　普段は〝ごく普通のご近所のお年寄り〟という表紙だけ見ていて、それは別にそんなにすごいものには見えないのだけれど、実は、ひとたびページをめくれば、そこには人それぞれの豊かな体験や、貴重な記憶や、さまざまな思いがけない秘密がびっしり詰まっているのです。

　そして、そのページは、誰もが全部読ませてもらえるわけではありません。家族にも読ませないページや、家族だからこそ読ませないページも、きっとたくさんあるでしょう。

　正一さんにとっては、祖母との想い出も、戦争体験と同様に、家族には見せたくないページの一枚でした。

　だからわたしは、正一さんから聞いた祖母との想い出を、キヨさんに言わなかったし、キヨさんも尋ねませんでした。

　でも、キヨさんは、何もかも最初からご存じだったんですよね。

知っていたからわたしを正一さんに会わせたのだし、さらに、そのように計らったのが自分ではなく孫の武さんだということにしたのでしょう。すべてわかっていて、だからこそ、正一さんに対しては、何も知らないふりをしてあげたかったから……。

人影もまばらな午後のホーム。空はまだ青いけれど、日射しはうっすらとオレンジ色を帯びはじめ、影がもう、少し長くなっています。

なかなか来ない電車を待つ間、笑い話にと、おじいさんに『ミサ子さんのほうが美人だった』と言われた話をしてみると、キヨさんは、

「まあ、まあ、失礼な人でごめんなさいねえ」と笑いました。

「きっと、あなたのお祖母様の若いころの姿が、頭の中で美化されてるのよ。実際にも綺麗な人だったけど、想い出の中では、実際より、もっともっと綺麗になっているんでしょう」と。

そうでしょうね。ほとんど言葉を交わすこともなかった初恋の人ですもの。きっと、面影は、時を経るごとにますます美しく——現実にはありえないほど美しくなって、想い出の中で輝いているのでしょう。

そのことをすべて受け入れて穏やかにほほえむキヨさんの皺深い横顔を、わたしは、とても綺麗だと思いました。

　それからキヨさんは、ふと視線を遠くに投げて、こう言いました。

「わたしね、もしかすると、うちの人は、あなたのお祖母様にもう一度会いたい一心で艱難辛苦を乗り越えて外地から生きて戻ったんじゃなかったかと思っているのよ。もしそうだとしたら、わたしはあなたのお祖母様に感謝しなくてはね。おかげであの人はここに戻ってきて、わたしはあの人と一緒になることができたんだから」

　キヨさんの視線を追って、わたしも空を見上げました。キヨさんが見ている空は、遠いあの日の大陸にまでつながっているのかもしれないと、ふと、思いました。

　街並みに隔てられて見えないけれど、鶸岡の駅は、海の近くです。とんびが高く鳴いて頭の上を飛び過ぎました。

＊

　キヨさんを木原家まで送ったあと、ちょうどよい機会なので、お店のほうに回って、ケーキを買いました。先日、せっかくはじめてこのお店に入ったのに、結局、ケーキを買いそびれたので……。それに、今日はあとで反田さんが家に来てくれることになっているので、たまにはちょっと高級なものをお出ししようかと思ったのです。

初夏だけあって、ショーケースの中にはフレッシュな季節の果実を使ったゼリーやムースなどの涼しげな季節メニューがいっぱいで、心を惹かれます。が、子供のころの憧れのお店ですから、当時からある定番のケーキも捨てがたいです。

真っ赤なイチゴがちょこんと乗っかったショートケーキに、雪みたいな粉砂糖を振ったシュークリーム……。粉砂糖って、不思議ですね。ぼんやり薄甘いだけで特にこれといった味がするわけでもないのに、あれがかかっているだけで、なんでも急においしそうに見えはじめるのです。まるで魔法みたい。

それに素朴なバナナケーキ、焼き目もつややかなアップルパイ……。目移りして、とても決められません。

反田さんは、どのケーキがお好きかしら？　お友達の武さんなら、知っているかもしれません。

そう思って尋ねてみると、武さんは、

「えっ、反田に食わせるの？　さあ……。そういえば何が好きか聞いたことないね。なんでも食うんじゃないの？　安いのでいいよ。シュークリームとかさ。あ、でも、イチゴショートは、夏場はイチゴが旬じゃないから、あんまりお勧めしませんね。イチゴの入ったケーキは冬場にまた来て買ってよ」だそうです。

自分のお店のものなのに、安いのでいいとかイチゴはやめろとか、おもしろい方ですね。

迷いに迷ったあげく、色とりどりの可愛らしいベリーを溢れんばかりに盛り上げた期間限定のベリータルトと、昔のままにスミレの花の砂糖漬けを飾ったレアチーズケーキを選びました。

ケーキを箱に入れて渡してくれるとき、武さんは、カウンターの上の籠から、可愛らしくラッピングされたバラ売りのフィナンシェをひとつとって、おまけに、と、箱に乗せてくれました。いくら小さな焼き菓子とはいえ、それなりのお値段のものなのに……。

「そんな、申し訳ないです……」とわたしが遠慮すると、武さんは、

「いやいや、受け取ってくださいよ、これ、賄賂だから！」と言いました。

賄賂……？

わたしがきょとんとしていると、武さんは、

「ほぅら、山吹色のお菓子でございますよ」と、時代劇の悪徳商人の物真似をしました。

たしかに、焦がしバターを溶かしこんだフィナンシェはふくよかな黄金色に輝いているし、金塊を模したお菓子であるとも、〝資産家〟とか〝銀行家〟という意味があると

も聞きますが……。

首をかしげていると、武さんは、豪快に笑って言いました。

「どうかこれでひとつ、反田をよろしく！　すでにお気づきのこととは思いますが、あいつ、マジですごくいいヤツですから！」

武さんがフィナンシェをぐいぐいとわたしの目の前に突きつけてくるので、つい押し切られて受け取ってしまいました。ふたつしか買ってないのに、こんなおまけをいただいて、本当に、かえって申し訳ないです……。でも、このフィナンシェ、すごくおいしそう！

＊

夕方、訪ねてきた反田さんにケーキをお出しして、武さんがフィナンシェをおまけしてくれた話をすると、反田さんは、まいったなあ、と笑い、

「で、司書子さん、よろしくお願いされてくれたんですか」と、楽しそうに言いました。

「はい」

「おお、うれしいですね。では、今後ともよろしくお願いします」

「あ、こちらこそ……」

わたしと反田さんは、ケーキのお皿を間に挟んで、深々と頭を下げ合いました。

一年で一番日が長い六月の夕方、蚊取り線香がくゆる縁側には、さっき庭に水を撒いたこともあって、涼しい風が立ちはじめています。

ケーキのお皿の隣には、きんきんに冷やしたアイスティー。アイスティーには、おもてなし用に少し気取って、庭でつんだミントの葉っぱを飾りました。

ケーキを食べながら、反田さんに、今日の顛末を報告します。

「……そんなわけで、正一おじいさんの今回の花束がジギタリスだったのは、うちの祖母との想い出の花だからしいです」

「じいさん、ロマンチストだなあ！」

「ですよね」

わたしたちは、顔を見合わせて笑いました。

「それに、たぶん照れ屋さんなんです。ご家族に言わずに黙って庭の花を切ってひとりで出かけたのも、照れくさかったからでしょう。あと、たぶん、奥様のキヨさんに遠慮してたんですね」

「じいさん、婿養子だしね」

反田さんが笑います。

「でも、別にそれが理由じゃないと思います。奥様を愛していらっしゃるんですよ」

そういうと、反田さんがにやにやとわたしを見ました。

「愛かぁ。司書子さんもなかなかロマンチストですね？」

人が真面目に話しているのをそんなふうにからかうなんて、反田さん、ちょっと意地悪ですね。わざと無視して、知らんぷりで話を続けました。——ここでむきになったり赤くなったりしたら反田さんの思うつぼみたいで悔しいから。

「花束を、何も言わずに庭に投げ込んでいったのも、恥ずかしかったからじゃないかと。だって、うちの仏壇に花を供えさせてもらうには、わたしに事情を話して家に上げてもらわなければならないじゃないですか」

「なるほどねえ。でも、じゃあ、お祖母ちゃんのお墓に供えればよかったんじゃないですかね？」

「それが、正一さん的には、それはできないっていう理由があって。ちょっと笑っちゃうんですけど、『お墓には旦那も一緒に入ってるから遠慮したんだ』って言うんです。『そんなことをして、旦那がヤキモチを焼いて墓の中で夫婦喧嘩になったら悪いだろ？』って」

それを聞いて、反田さんは、ぶわっはっはと笑いました。

「墓の中で夫婦喧嘩か。おもしろいじいさんですね！」

「ねえ。お墓だけじゃなく、仏壇に供えなかったのも、それもあったみたいですよ」

「だから庭だったわけですね。人騒がせだなあ」

「ほんとに。すっかり大騒動でしたものね」

そう言いながら、夕影たゆたう庭を見渡して、ふと思いました。

正一さんがジギタリスの花を、お墓や仏壇ではなく庭に置いていったのには、また別の理由もあるんじゃないか、と。

正一さんが花を捧げたかった相手は、〝ご近所の司家のおばあさん〟ではなく、若き日の想い出の中の美しいミサ子さんであり、その、もんぺ姿の美少女ミサ子さんがいる場所は、司家の墓や仏壇の中ではなく、ジギタリスの咲く、この庭だったのではないかと――。もちろん、わたしの想像にすぎませんが。

この家は戦後に建て替えられたものなので、今ある垣根はかつて正一少年とミサ子さんを隔てていたそれとは違うものでしょうし、咲いているジギタリスも、そのころの株がそのまま残っているわけではないでしょう。でも、今でも同じ場所にこの庭はあって、たぶん似たような垣根があって、想い出のジギタリスが咲いていて……。正一さんが若き日のミサ子さんの面影を偲ぶには、十分だったろうと思います。

「ところで、一回目の花束も、木原んちのじいさんだったんですよね？」

反田さんにふいに聞かれて、その話をし忘れていたのに気がつきました。

「そうそう。そうだったんですって」

「でも、そのときはジギタリスじゃなかったんでしょ？」

「ええ。お庭のジギタリスが、まだ咲いてなかったんじゃないでしょうか。で、実はそれまでにも、うちの前までは何度か来ていたんですけど、花束を置いてゆく勇気が出なくて素通りして、かわりに自分の家のお墓に供えてきたりしてたんですって。そして、はじめて勇気を振り絞って花を置いていったのが、あの一回目で。でも、花が道に戻されちゃったから、しかたなく拾って帰ったんですって。想像すると笑っちゃいますよね」

「うーん、傍目にはけっこう怪しいヤツですね」と、反田さんが苦笑しました。「やっぱり、ある意味ストーカーでしたね」

「わたしじゃなくて、祖母のでしたけど」

「七十何年越しのね」

「でも、害意のないストーカーさんでした」

「害意はなくても害はありましたけどね！」

「ええ、でも、まさか花束を犬が食べちゃうなんて思わなかったでしょうし……」

「まあ、たしかに、思いませんね」

「それに、そもそも本当にジギタリスのせいだったのかわかりませんし」

あのときのスノーウィの苦しみを思うと笑って許していいことではないような気もしますが、今となっては正一おじいさんを憎むことなどできなくて、ついつい弁護に回ってしまいます。それも、もちろん、今現在スノーウィがすっかり元気だからこそですが。

「そうそう、キヨさんが、お詫びにスノーウィに犬用ケーキをプレゼントしてくださるそうなんです」

そう言ったとたん、寝てるとばかり思っていたスノーウィが、突然、ぼふん、と声をあげて立ち上がりました。何やら期待に満ちた眼差しでこちらを見て、尻尾をゆさゆさと振りはじめます。

「まさか、スノーウィ、人間の言葉がわかったのかしら……」

反田さんとわたしは、顔を見合わせました。

「スノーウィ、ケーキは今日じゃなくて、そのうちよ。待っててね」

ためしにそう言ってみると、スノーウィは、『なぁんだ』と言わんばかりに、よっこいしょと座り直して、また寝てしまいました。あまりのタイミングのよさに、また、反田さんと顔を見合わせて笑ってしまいます。

　それから反田さんがしみじみと言いました。

「俺、木原とは中学のころから友達だし、家にじいさんばあさんがいるのは知ってたけど、じいさんが戦争行ってたなんて知らなかったなあ」

「おじいさん、ご家族にも戦争の話は一切しなかったそうですから、武さんも詳しいことは知らなかったんじゃないでしょうか。知っていたって、たまたまきっかけがなければ、わざわざ友達にそんな話はしないでしょうし」

「ですよね。俺も木原も生まれる前の話なんだから」

　そう言って反田さんはアイスティーを一口飲み、グラスをお盆の上に戻しました。氷がカラリと音をたてます。

「それにしても、木原んちのじいさんと司書子さんのお祖母ちゃんに、そんな過去があったなんてねぇ」

　反田さんは縁側に後ろ手をついて空を見上げました。つられて視線をあげれば、シルエットになった梅の梢（こずえ）の向こう、しだいに水色が薄れてゆく空を、刷毛（はけ）ではいたような薄雲が淡いオレンジに染まってゆっくりと流れていきます。

　昼間からずっと考えていた疑問が、ふと口をつきました。

「祖母は正一さんの気持ちを知っていたのかしら……」

反田さんは身を起こし、こちらを見ました。

「知っていたと思いますよ」

……なぜ？　わたしは小さく首をかたむけます。

「だって、司書子さんのお祖母ちゃん、死ぬまであの店に寄りつかなかったんでしょ？　もし洋菓子が好きでなくても、この近所の年寄りで、贈答用のカステラやらどら焼きまで絶対あの店で買わないなんて人は、まず、いませんよ」

たしかに。誕生ケーキはともかく、この辺では、およばれの際の手土産も、病気見舞いも各種内祝いも、菓子折りといえばなんでもかんでも木原洋菓子店なのがあたりまえです。お年寄りほど、その傾向が強いです。わたしもよく、来客の手土産で、あの店のどら焼きやマドレーヌをいただいたものです。祖母も、『木原のお菓子はやっぱり違うねえ』と、つねづね褒めていたはず。それなのに、祖母が自分で木原洋菓子店に足を運んだことは、わたしが知る限り、死ぬまで一度もありませんでした。

反田さんが考え深げに言いました。

「司書子さんのお祖母ちゃん、木原のばあさんに遠慮してたんじゃないですかね？　それか、自分の旦那さんに」

「ああ……」

そうか、祖母が手作り派だったのは事実だけれど、ケーキ屋に寄りつかなかった本当の理由は、他にあったのですね……。

そういえば、正一さんにしても同じことでした。正一さんも、祖母が亡くなってはじめて我が家の庭に花束を投げ込みに来たけれど、祖母が生きている間は、まったくうちに寄りつかなかったのです。

……娘時代の祖母は、正一さんのことを、どう思っていたのでしょうか。

若き日のふたりの、ただ一度のやり取りは、祖母にとって、単に、ご近所さんとのちょっとした世間話だったのかもしれないし、あるいは、どうやら自分に憧れているらしい年下の男の子を、気まぐれにからかってみただけだったのかもしれません。

でも、キヨさんの話が本当なら、昔、祖母に憧れていた男の子は他にも大勢いるんですよね。そして祖母は、その男の子たちとは、大人になってそれぞれ別の人と結婚したあとも、たぶん普通にご近所付き合いしてきたはずです。祖母はとても社交的な人で、わたし、子供のころ、『お祖母ちゃんは町中のお年寄りとお友達なんだ』と思っていたくらいですもの。

それなのに、いくら町内会の班が違うとはいえ、うちからそんなに遠いわけでもないあの家のご夫婦とだけ、祖母は、死ぬまでまったく交流をもたなかったのです。ということは、やっぱり、正一さんは、祖母にとっても、その他大勢の男の子たちとはちょっと違う存在だったと考えるのが自然な気がします。

それがどの程度の違いだったのかは、今となっては知るよしもなく、いまさら掘り返す必要もないでしょうが……。

自分の祖母の、今まで知らなかった一面を思いがけなく知って、あらためて思いました。きっと、祖母のことでわたしが知らなかったことは、他にもいろいろあるのだろうと。

わたしと祖母は、毎日たくさんおしゃべりをしたけれど、よく考えてみると、わたしは、わたしと暮らすようになるまでの祖母の人生を、ほとんど知らないのです。婿養子だったという祖父との馴れ初めさえ。

今となっては取り返しのつかないことですが、祖母も父もひとりっ子なので、司家の歴史で、もうわからなくなってしまったことも、ずいぶんたくさんあるはずです。そんなに大昔のことじゃなく、つい最近まで生きていた祖母が身をもって体験したことでさえ、誰も知る人がいなくなってしまったなんて。

祖母が死んでしまった今となっては、わたしはもう、それらのことを、二度と知ることはできないのですね。祖母の人生という一冊の本の中の、わたしが見たことがないページは、祖母の死とともに、永遠に失われてしまったのです。

——そんなことを考えて、いつのまにか、ぼんやりしてしまっていたみたいです。

「……司書子さん？　どうしました？」

反田さんの声に、はっと我に返りました。

「す、すみません、ちょっと考え事を……」

「お祖母ちゃんのことですか？」

「はい……」

「そんな顔してましたよ」

反田さんは、困ったように眉を下げてほほえみました。

「なんでわかるんですか？」

「泣きそうな顔だったから。というか、すでに目が潤んでましたよ」

「いやだ、恥ずかしい……」

わたしはあわててハンカチを目頭に当てました。いくらわたしが泣き虫でも、もういい大人なんだから、普段、こんなふうに人前で涙ぐんだりは、さすがにしないはずなんですが……。反田さんの前だと、なんだか気が緩んでしまうみたいです。反田さんはやっぱり不思議な人です。

　ハンカチで涙を拭いていると、反田さんがふっと笑って、やさしく言いました。

「司書子さんは、ほんとにメソ子さんだなあ」

　それを聞いて、わたしは泣き笑いになりました。

「……うちの祖母、ミサ子っていうんですけど、小さいころ、やっぱりメソ子って呼ばれていたんですって。正一さんが言ってました」

　少女時代の祖母は、勝ち気で活発な性格で、はきはきしたしっかりものだったけれど、その反面、実は意外と泣き虫で、ごく小さいころは近所の男の子たちにメソ子とからかわれたりしていたらしいのです。

「そっかあ、司書子さんの泣き虫はお祖母ちゃんからの遺伝だったのか。じゃあ、もう、しょうがないですね」と、反田さんは甘やかすように笑いました。

　わたしも、涙を拭いながら、笑っていました。

　あの、いつも泰然(たいぜん)とほほえんでいた祖母が、かつてはそんなに泣き虫だったのなら、わたしだって、いつか祖母のように、強くてやさしい、大きな人になれるのでしょうか――。

　いつかセピア色の写真で見たおかっぱ頭の小さなミサ子ちゃんが、心の中で、笑ってうなずいてくれたような気がしました。

泣いてしまった恥ずかしさを追い払うために、暮れゆく庭に目をやりながら言いました。

「正一さんとキヨさん、ほんとに、とっても素敵なご夫婦だったんですよ。正一さん、バアサンが怖いからこのことは黙っててくれって笑ってたけど、本当は、怖いからじゃなくて、奥様を大切に思っていて、その心を傷つけたくないから、この話を奥様の耳には入れたくなかったんですよね。でも、奥様のキヨさんは、最初から全部わかってて、正一さんのために、知らないふりをしてあげていたんです」

「うんうん、何もかも正直に話すばかりが愛情じゃないってね」

「そうなんですね。そういう愛もあるんですね」

わたしには、夫婦の愛のことなんて、まだよくわかりませんけれど。

「……でも、ちょっと不思議です。正一さんは、奥様をとても愛していて、大切に思っていらっしゃるのに、うちの祖母のことも、ずっと忘れられずにいたんですよね。何十年も心に秘め続けて……。そういうことって、あるんでしょうか？　ひとりの人を想い続けながら、別の人も愛するなんて」

反田さんは、やさしく笑いました。

「あるんじゃないかな。たとえば司書子さんのお祖母ちゃんだって、亡くなった旦那さんをとても愛していたとしても、それはそれとして、若き日の正一さんの面影もずっと大切に心に秘めていた、なんてこともあるかもしれませんよ」

そう言われて、突然、わたしにジギタリスの花言葉を教えてくれたときの祖母の言葉を思い出しました。

ある日、初夏の庭で、花盛りのジギタリスの前に佇んで、祖母は幼いわたしに、『この花にはね、想い出があるの』と言ったのです。

――どんな想い出かは、内緒よ――

そう言いながら遠くを見やった眼差しを、どこかいつもの祖母とは違う不思議なほほえみを、そのときの空の色や風の温度と一緒に、今、思い出しました。もしかしたら、あのとき祖母は、正一さんのことを思い出していたのでしょうか……。

反田さんは、わたしの様子に、思い当たることがあったと察したのでしょう。小さくうなずいて続けました。

「思うにね、そういうのって、カテゴリーが違うんじゃないかな」

「カテゴリー、ですか……？」

「そう。今現在隣にいて愛している人、大切に思っている人と、想い出の中で輝いている人っていうのは、カテゴリーが違うんですよ。カテゴリーが違うから競合しないんです。だから、ずっと両方大切にしていられるんだと思いますよ」

「わたしにはよくわかりません……」

そう言うと、反田さんは、ちょっと笑いました。

「そのうちわかりますよ、きっと。というか、わかるようになってくれるといいなと思ってます」

「反田さんにも、そういう、忘れられない方がいたりするんですか?」

ふと思いついて尋ねてみると、反田さんは、うれしそうに言いました。

「いますよぉ。スズラン幼稚園のゆうこ先生! 俺の初恋の人ですね。ちなみに俺は五歳でしたが」

スズラン幼稚園というのは、昔からある近所の幼稚園です。反田さんはあそこに通ってたのですね。紺色の半ズボンの制服に黄色い帽子をかぶった五歳の反田さんを、見てみたかった気がします。

反田さんは懐かしそうに続けます。

「俺、大きくなったら結婚してくださいってプロポーズしたんですけど、先生はもう結婚してるからダメって、すげなく断られちゃいましてね。人生初失恋ですよ。まるっきり夢も希望もないですよ。今にして思えば、相手はいたいけな園児なんだから、そんな真正面から身も蓋もなくきっぱり断らないで、もっと別の言い方で、やさしくあしらってくれても良かったのにねえ。もしかして、ゆうこ先生、今思えば司書子さんタイプだったのかなあ」

「え？」

意味がわからなくてぽかんとすると、反田さんは言いました。

「司書子さんだったら、もし結婚してて、で、幼稚園の先生やってて園児にプロポーズされたら、そんなこと言いそうじゃないですか」

……たしかに。その状況をちょっと想像してみましたが、他の言い方は何も思いつきません。

「……はい、たぶん言います……」と認めると、反田さんはくすくすと笑いました。

「でしょ？　まあ、そういう、たまにナチュラルに酷いところが、またいいんですけどね！　なんか、意外と癖になりますね！」

反田さん、さわやかに言い放ちましたが、『酷いところがいい』って、ゆうこ先生のことでしょうか。変わった趣味の幼稚園児ですね……。

反田さんは、想い出を慈しむように、にこにこと続けます。

「でね、そんなに手酷く振られたにもかかわらず、俺の心の中で、あのころのゆうこ先生の笑顔っていうのは、今でも眩しく輝いてるわけですよ。でもね、そのことは、俺がこれから誰かと付き合ったり結婚したとして、隣にいるその人を全力で愛する妨げにはならないと思うんですよね。なると思います？」

「いいえ」

「でしょ？　まったくなりませんよね。それに、その相手だって、まさか幼稚園のときの初恋にヤキモチ妬いたりはしないでしょ？　司書子さんだったら、ゆうこ先生にヤキモチ妬きます？」

「まさか」

「ですよね。でね、俺も、もしも俺がこれから付き合う人に、そういうふうに心の中で輝いている誰かがいたとしても、別に問題にしませんからね。だって、そういう想い出も、その人の一部じゃないですか。俺ね、その一部ごと、その人を愛せると思うんですよ。そういう想い出を胸に抱いているその人、まるごとをね。自惚れるようだけど、そういう自信、あるんですよ」

まあ。なんて素敵なお言葉でしょう……。

反田さんの、お顔に似合わないロマンチックな名言に、わたしは感銘を受けました。

それから、〝お顔に似合わない〟は、心の中で思うだけでも失礼だったなと、ちょっと反省しました。それに、反田さんは別に、特に変なお顔をしているわけではありません。普通です。ごく普通です。そもそも、男の人は——女もですけれど——顔じゃないですよね。反田さんの、このやさしさ、包容力、気配りや思いやり……それこそが、値千金です。

だから、にっこり笑って言いました。

「素敵です。反田さんのお嫁さんになる人は幸せですね」

心を込めて伝えたつもりなのですが、反田さんは、なぜかちょっと微妙な顔をしました。

「えっ……？　あー、まあ……ね。そうなるように、がんばりたいですね」

わたし、また何かまずいことを言ったでしょうか。〝お顔に似合わない〟とか〝男の人は顔じゃない〟というのは、いくらわたしでも、さすがに、もし思っても本人に向かって言ってはいけない言葉だとわかるので、ちゃんと口に出さずにおいたのですが……。

反田さんは苦笑して、ひとりごとのようにつぶやきながら頭を掻きました。

「あーあ。けっこう会心の一打だと思ったんだけどなあ……」

会心の一打？　なんで急に野球の話を？

思わず「はい？」と首をかしげると、反田さんは、なぜかぷっと吹き出し、

「ま、いいか！」と、今度は思いきり清々(すがすが)しい笑顔になりました。

「司書子さんらしいや。ねえ、司書子さん、俺、今、ちょっといいこと言ったでしょ？」

「あ、はい。とても素敵だと思います」

「じゃ、さ、俺がこういうことを言ってたって憶えてて、あとで何かのときに思い出してくださいよ。今はそれでいいですよ。ね、司書子さん！」

そう言ってひとりでうんうんとうなずいて、勝手に何か納得したようです。

それはともかく、『司書子さん、司書子さん』と連呼されて、ずっと反田さんに言おうとしていたことをひとつ、思い出しました。

ずっと言えずにいたけれど、今なら言えるかしら。

わたしは勇気をかき集めて口を開きました。

「あの……、反田さん。前から言おう言おうと思ってたんですけど、いいかげん、その〝司書子さん〟っていうの、やめてくれませんか？」

ずっと言い出せなくて、しかたなく聞き流しているうちにすっかり慣れてしまっていましたが、さっき〝メソ子〟と言われたときに、あらためて思ったのです。〝司書子〟だと、たしかに〝メソ子〟と音が似てるけど、わたしの名前は本当は、司書子ではなく、

蕭子――ショ、ウ、コ、ですから。

　わたしの言葉に、一瞬前まで笑顔だった反田さんが、一転して、叱られた犬みたいにしょんぼりしました。

「あー……。すみません……。そうですよね、失礼でしたよね。あなたが怒らないから、調子に乗って、つい……」

　いやだ、そんな顔が見たかったわけじゃないのです。失礼とか、そういうことじゃなくて……。

　反田さんがこれ以上落ち込まないうちにと、急いで言いました。

「蕭子です」

　なんだか照れくさくて、言い方が、ちょっとつっけんどんになってしまったかもです。

「えっ？」

　反田さんが、ぽかんとしました。早口になってしまったから、聞き取れなかったかしら。

「わたしの名前。清籟蕭蕭（せいらいしょうしょう）の蕭に子供の子で、蕭子って言うんです」

「せ、せいら……？」

　反田さんが目を白黒させました。ごめんなさい、通じなかったですね。

「あ、すみません、あの、『風蕭蕭として易水寒し』の蕭です……」

「はあ?」

　これなら通じるかと思ったのですが、反田さんはますます目を白黒させるばかりでした。この名前、わたしが物心つく前に亡くなった祖父が付けてくれたのだそうで、亡き祖父からの贈り物と思って気に入っているのですが、漢字を人に説明するのに、いつもとても苦労するのです。

　が、そんなことは、この際、もういいです。別に漢字で書けなくても、ただ、呼んでもらえれば。

「……ですから、司書子ではなく、蕭子、と……」

　なんとなく恥ずかしくなって、語尾が立ち消えてしまいましたが、反田さんと知り合ってから今まで、ずっと言いたかったことを、やっと言えました。

　ぽかんと黙っていた反田さんが、次の瞬間、ぱあっと満面の笑顔になって、大きくうなずき、教室で挙手する小学生みたいに元気に言いました。

「はいっ！　蕭子さん！」

　反田さんに、はじめて名前を呼んでもらいました……。なんだか、胸の中がくすぐったいような気持ちです。

ずいぶんと盛りだくさんの経験をしたような気がする長い一日が過ぎ、反田さんを見送ってひとりの家に戻ったとき。

サイドボードの上にここ数日置きっぱなしになっていた、父からのエアメールに気がつきました。

＊

そういえば、届いた直後に反田さんが訪ねてきて、それからスノーウィの具合が悪くなって大騒ぎになったので、そのまま忘れていたのです。

でも、一連の騒動が片付き、穏やかな日常が戻ってきた今こそ、父からの手紙を落ち着いてゆっくり読むのにちょうどよいかもしれません。

そんなゆったりとした気持ちで、父の笑顔を思い浮かべながら封を切り……そして、数行読んだところで便箋(びんせん)をはたりと取り落としました。

どうせたいした用事じゃないと思っていた父からのエアメールには、実は、思いがけなく重大なことが書いてあったのです。

たいしたことじゃないどころか、むしろ、わたしにとっては驚天動地(きょうてんどうち)の大ニュースでした。

父が、再婚することになったのだそうです。

お相手は、あちらで知り合った年上の女性だそうです。若いころに夫を亡くし、それからずっとひとりで生きてきた方なのだそうで……。

六十過ぎた父が！　年上の未亡人と！　しかも外国の！

あまりにも全方位的に予想外すぎて、どこから驚いていいのかわかりません……。

思わずさまよわせた目を仏壇の遺影の祖母と見合わせ、それからそっと、父の手紙を仏壇に置きました。――天国のお祖母ちゃん、この手紙を読んでみてください……。

写真の中の祖母もなんだか目を白黒させているように見えたのは、もちろんわたしの気のせい……ですよね。

司書子さんの児童書案内 4

『そこなし森の話』
佐藤さとる（作）、中村道雄（絵）／偕成社

コロボックルシリーズで有名な佐藤さとるさんの短編。付近の人が恐れて近づかない森の奥で、旅の老人が不思議な体験をします。わたしが小さいころ、家の近くの雑木林を“そこなし森”と名付けたのは、たぶん、図書館の棚で見かけたこの本のタイトルが記憶に残っていたからでしょう。中身を読んだのはもう少しあとになってからですが、どこか懐かしくて、ちょっぴり怖くて、読後にふと心細くなるような奇妙な余韻の残るお話でした。

最終章

そこなし森の向こうがわ

「だ〜れだぁ〜、おれの橋をかたことさせるのは⁉」

静かな雨の午後、御狩原市立中央図書館の小さなおはなし室に、反田さんの迫力ある声が響きます。

反田さんが手にした絵本に目をまるくして見入っていた子供たちが、びくっと身を縮めました。反田さん、ちょっと怖がらせすぎかも……？

でも、このお話は、大きな恐ろしいトロルを小さなやぎたちが出し抜くおもしろさにあるのですから、トロルはやっぱり、怖くなければ。トロルが大きければ大きいほど、怖ければ怖いほど、やぎたちの勝利の痛快さが際立つのです。

反田さんのトロル、ちゃんと、大きいです。いえ、もちろん絵本に描かれたトロルの大きさが変わるわけはないですが、反田さんが声の演技だけでトロルのスケール感を表現してくれるので、頭の中に小山のようなトロルの巨体がありありと思い浮かぶのです。

さすが反田さん。わたしの細い声では、こうはいきません。

「なに、ぼくですよ。いちばんちびやぎのがらがらどんです」

大げさに演じ分けられた弱々しい裏声に、子供たちの何人かが、ふっと笑いました。

反田さん、ちょっと演技過剰じゃないかしら。声色使いは控えめが基本ですよ……。

演目にもよりますが、あまりおもしろおかしく声色を使いすぎると、子供たちがそこに気を取られてストーリーへの集中が途切れてしまうことがあるのです。ちょうど今のように。

でも、ウケてます。笑っている子も、真剣に固唾をのんでいる子も、目は絵本に釘付けです。すごいです、反田さん。見込んだとおりです！

わたし、反田さんが語るお千代伝説を聞いたときの思いつきを実行して、反田さんをおはなしボランティアにスカウトしたのです。だって、あのとき、反田さんは別に大げさに怪談っぽく語ったわけではなく、普通に淡々と伝説を紹介してくれただけだったのに、『かんざしを寄越せ』のところで、わたし、ちょっと怖くなりましたもの。

しかも反田さんは、日ごろから甥御さんに絵本を読んであげているそうで、独身にもかかわらず子供の扱いにも読み聞かせにも最初から慣れているなんて、これはもう、得難い人材ではないですか。

だめもとでお誘いしてみると、反田さんはびっくりするほど乗り気になってくれ、勇んで研修も受け、毎月開かれる勉強会にも申し込んで、すっかり大張り切りです。先週参加した一回目の勉強会では、声の通りの良さや表現力の豊かさを皆に感心され、講師の先生にも筋がいいと褒められて、ますますやる気まんまん。それだけでなく、その気さくなお人柄で、会のみんなにたちまち大人気なので、連れてきたわたしも鼻が高いけれど、なんだか、「みなさんも反田さんとお話ししてもいいけど、反田さんはわたしが連れてきたんですからね、もともとわたしのお友達なんですからね！」と言いたい気分です。


そして迎えた、はじめてのおはなし会。

おはなし会のプログラムは、多くの場合、絵本を見せながら読み聞かせる〝読み聞かせ〟と、暗記した物語をそらで語る〝ストーリーテリング〟——通称〝おはなし〟あるいは〝素話（すばなし）〟——との二本立てになります。小さい子向けの回なら、その前後に、ちょっとした手遊びやわらべうたをつけたりします。

この、素話のほうは、いきなりできるものではなく、それなりの修行が必要です。反田さんにも、今後、みっちり勉強してもらうことになります。が、今はまだ、簡単な講習を受けて一回目の勉強会に参加しただけなので、今日はわたしとペアを組んで、まずは読み聞かせ部分だけ担当する形でのおはなし会デビューです。絵本の読み聞かせなら反田さんは最初から経験豊富なので、安心して聞いていられます。

今日の対象は四歳から一年生。最初に手遊びで関心を惹きつけたところで、集中力を要する素話を先にやってしまいます。小さい子の集中力は、長く続かないですから。

そのあと、プログラムの最後を飾るのが、反田さんの『がらがらどん』です。言葉だけの素話にはそろそろ集中できなくなった子供でも、絵がある絵本なら、また集中しなおして聞き通せることが多いのです。

　自分の出番を終えたわたしは、反田さんに語り手用の椅子を譲り、部屋の隅に座って子供たちと一緒に反田さんの読み聞かせを楽しんでいるのでした。

　反田さんに、この『三びきのやぎのがらがらどん』を勧めたのは、わたしなのです。最初から、反田さんにはぜひこれを演ってほしいと思っていたのですが、大正解でしたね。読み聞かせの活動をする人には女性が多いのですが、この絵本は、思ったとおり、男性の声で演じてもらうと、ひときわ映えます。

　佳境を迎えていよいよ盛り上がる、反田さんの『がらがらどん』。子供たちが息をのむ音が聞こえるよう。

「おれだッ！　おおきなやぎのがらがらどんだぁ！」

　出ました、反田さんの大やぎ！　さすが迫力満点です。これでめだまはでんがくざし！　やったあ！

　――ついつい、子供たちと一緒になって夢中で聞き入ってしまいました。

おはなし会を終え、子供たちを送り出しながら顔をあげると、おはなし室の外に、大きな熊さんが立っていました。――もちろん本物の熊ではなく、木原洋菓子店の武さんです。その隣には、少しだけお腹が目立ちはじめたミチルさんの姿もあって、わたしと目が合うと、にこにこ笑って小さく手を振ってくれました。

無事に安定期に入ったミチルさんは、この間も武さんとふたりで図書館に来て、妊婦向け雑誌や赤ちゃんの名づけ本、『はじめての妊娠出産』といった類の実用書を、制限冊数いっぱいまで借りていったのです。今日もまた、武さんが大量の本を抱えています。

子供を引き取りに集まってきたお母さんたちでごったがえす中、周りから頭ひとつ分飛び出した武さんが悠然と反田さんに近づいて、

「おお、タンテイ、おまえの大声、外までよく聞こえてたぞ」と笑いました。

おはなし室には一応ドアがついていますが、特に防音仕様ではないので、ドアの前にいれば、中の声がけっこう聞こえるのです。

「がんばってるじゃん、タンテイ」

「まあね」

「俺たちの子供も、ちょっと大きくなったら図書館に連れてくるから、おはなし聞かせてやってよ」

「おう、楽しみにしてるよ」

にこにこと応える反田さん。まだ生まれてもいない木原さんたちのお子さんがおはなし会を聞きに来る年になるまで、おはなしを続けてくれるつもりなのですね。頼もしい限りです。

その間にわたしも子供たちの最後のひとりをお母さんに引き渡し終えたので、木原夫妻に近づき、笑顔で頭を下げました。

「あの、先日はスノーウィにケーキをありがとうございました」

キヨさんには当然お礼を言ってありますが、そういえば、実際にケーキを作ってくれた武さんには、まだ直接お礼を言っていなかったのです。

武さんは、ぱっと顔を輝かせました。

「そうそう！　どうだった？　喜んでくれた？」

「はい、それはもう、ものすごく、すごかったです……！」

あのときのスノーウィの喜びようといったら！

あんなに喜ぶのなら、これからは、ときどき買ってあげようと思います。クリスマスだとか、スノーウィの誕生日――ということになっている、スノーウィがうちにもらわれてきた日――とかの、特別な日に。

スノーウィといえば。

先日、反田さんがうちに『指輪物語』の最終巻を借りに来たとき、犬小屋のそばで、からからに干からびたガマガエルのミイラを発見しました。

もしかして、スノーウィは、ジギタリスの花ではなく、ガマガエルを口に入れたのではないでしょうか。

ガマガエルにも、毒があるのです。そして、スノーウィは、カエルでも虫でも、犬小屋の周りに動くものがいれば何にでもちょっかいを出します。一度など、モグラをくわえていて、悲鳴をあげてしまったことも。

ネットで調べてみたら、犬のガマガエル中毒の症状も、この間のスノーウィの症状と、だいたい合っているような……。

本当はどっちのせいだったのか、今となってはわかりませんが、今回のことで調べてみたら、身近な植物などで犬に害のあるものって、ものすごく多いんですね。スズランやアセビ、キョウチクトウなどに毒があることは有名ですし、ネギやタマネギを犬や猫に食べさせてはいけないのも知っていましたが、チョコレートやブドウも良くないそうですし、他にも思いがけないほど多くのありふれた身近な植物が、犬に中毒症状を引き起こすようです。うちの庭をちょっと見回しただけでも、今まで気をつけていた青梅やジギタリスの他に、クリスマスローズにスイセン、シャクナゲ、ユリ、イヌサフランなど、犬に害があるという植物だらけなので、うっかりそういう植物の葉っぱや花をスノーウィの近くにやらないように気をつけねばと思いました。

ちょうどそのとき児童室に入ってきた光也君が、武さんと話している反田さんにふらりと近づいて、わざと体をぶつけるようにして通り過ぎざま、無言でお腹に軽いジャブを入れていきました。話をしてるから邪魔をしちゃいけないけど素通りもしたくない、そんな気持ちなのでしょう。反田さんも、武さんとの会話は止めないまま、通り過ぎてゆく光也君の頭に手を伸ばしてわしゃっと一撫でし、振り向いた光也君に親指を立てて見せます。光也君も親指を立てて、くちびるの端でちょっと笑うと、そのまま書架のほうにすたすた歩いていきました。これだけでコミュニケーションが成立してしまうのだから、不思議ですね。

光也君の背中を見送りながら、反田さんが武さんに尋ねます。

「じいさん、元気？」

わたしはこれから通常業務に戻らなければならないので、ゆっくり立ち話していられませんが、反田さんはボランティアだからＯＫです。わたしはご夫妻に目礼してその場を離れましたが、正一おじいさんの様子は気になりますから、おはなし会に使ったろうそくや腕人形などの小道具をせっせと片付けながら、片耳でおふたりの会話を聞いていました。

「元気、元気。リハビリも順調で、先生が『さすが戦中派の底力』って感心してたよ。手術の前は、みんな、じいさんはもうダメかもしれないと思ってたのに、奇跡の復活だよ！」

正一さんは、少し前に退院して、今は家からリハビリに通っているそうです。

実はわたし、正一さんがまだ病院にいたころ、もう一度お見舞いに行こうかと思ってキヨさんに打診したのですが、とても申し訳なさそうに、どうやら正一さんはあまりわたしに会いたくないらしいと言われてしまいました。わたしはあのおじいさんがけっこう好きなので、嫌われてしまったのかと思って悲しくなりかけましたが、別にそういうわけではないようです。

正一さんの手術は、実は、あのときわたしたちが想像していた以上に難しいもので、今、武さんも言っていたとおり、ご本人も死を覚悟していたようなのです。そんな際だからこそ、ずっと隠してきた感傷的な想い出話をぶちまけたのに、無事生還した今になってその相手とあらためて顔を合わせるのはなんとなくバツが悪い……ということのようです。ご本人がはっきりそう言ったわけではなく、ご家族の推測だそうですが、その気持ち、わたしもなんとなくわかる気がします。

でも、あらためて見舞いに来られて病室で差し向かいになるのはきまりが悪くても、ミチルさんのところに遊びにきたわたしとたまたま玄関先で顔を合わせるのまで嫌だとは思われていないでしょう……たぶん。

そう、わたし、ミチルさんとお友達になったのです。お店に置いてあったようなテディベアをわたしも作ってみたいと言ったら、教えてあげるから一緒に作ろうと言ってくれて、教えてもらった材料を通販で揃え、近いうちにまた遊びに行くことになっています。とっても楽しみです。

社会に出てから新しく友達ができたのって、もしかして——もしかしなくても、はじめてかもしれません。あ、反田さんも数えて良ければ、二人目ですね。そして、ミチルさんという友達ができたのは、反田さんのおかげです。

わたしは小さいころからここに住んでいるけれど、あまり出歩かないたちなので、家と職場の往復と、いつも行く決まりきった何軒かのお店しか知らない生活を送ってきました。だから反田さんが熟知していた琴里ちゃんの家の周囲の地理もまったく知らなかったし、知り合いも、仕事関係を除けば、祖母の知り合いだった年配の方がほとんどでした。でも、反田さんと知り合ってからのほんの数ヶ月で、わたしは、子供のころから長年ここに住んでいながら一度も行ったことがなかったお店に行き、一度も通ったことのない道をあちこち歩き、お年寄りから小学生まで、幅広い年代の人たちと知り合いました。

……そんなことを考えていたら、ふと、思い出したことがあります。

子供のころの、あの〝そこなし森〟探検の話には、まだ続きがあったのでした。

〝そこなし森〟を抜けた先の知らない町には、知らない公園があって、小さな、ありふれた児童公園だったけれど、わたしはそこで、同じ年頃の、知らない女の子と出会ったのです。そしてわたしは、新しい友達に手を引かれて、知らない町へと駆け出しました。

わたしの想像の中で果てがなかった〝そこなし森〟は、あの日、狭くなってしまったけれど、森を抜けた先、新しい友達と遊びまわった新しい町は、〝そこなし森〟より、もっと広かったのです。

反田さんは、わたしにとって、名前も忘れてしまったあのときの女の子みたい。

自分の町を得意気に案内して、わたしを自分のお友達と次々引きあわせてくれた、元気いっぱいのあの子。あの子の名前は忘れてしまったけれど、日暮れまでみんなで一緒に遊んだあの日の楽しさは、今でも思い出せます。

まるであの日のように、わたしは反田さんに手を引かれて知らない路地を駆け抜け、反田さんの紹介で新しい人たちと知り合いました。反田さんのおかげで、わたしの世界は、少し広くなりました。

反田さんは、ちょっぴりおっちょこちょいで、たまに勇み足で、そのありあまる善意と溢れすぎた行動力はときにわたしの静かな暮らしをひっかきまわし、わたしを振り回すけれど、反田さんに振り回され、町中を引っ張りまわされながら、わたしはどんどん新しい世界を見つけてゆくような気がします。

昔、わたしに『広い世界を見なさい』と言った人がいました。『うつむいてばかりいたら、あなたの垣根の前を白馬の王子様が通り過ぎたって気づけませんよ』と、その人は言いました。

うちの垣根の前を白馬の王子が通るなんてこと、あるわけがない……と、そのときは思いましたが、もしかしたら、世の中、たまにはそんなことが起こったりするのかもしれませんね。

だって、王子様ではないけれど、素敵なお友達なら、垣根の前を通りかかったんですよ。ねえ、先生――。

＊

梅雨冷えの夕方。ひっそりと静まりかえった台所で、木苺のジャムを煮ました。焦がさないよう、木べらで丁寧に混ぜながら、ゆっくりと、静かに。

古い柱時計が、こちこちと時を刻んでいます。

窓の外には七月も半ば過ぎとは思えない冷たい雨が降り続いているけれど、明日にはあがるという予報です。この雨があがれば、たぶんそろそろ梅雨明けです。

鍋の中のジャムの量は、あんまり多くありません。シーズン中に少しずつ集めて冷凍しておいた秘蔵の果実でできるのは、ほんの小瓶(こびん)に、やっとふたつ分。

ひとつの瓶は自分用、あと一瓶は、反田さんに差しあげるつもりです。だって、反田さんは、木苺がとても好きみたいですから。木苺の季節が終わってしまっても、ジャムにすれば、また木苺を食べられます。それに、この金色のジャムには、反田さんと走り回ったここ数ヶ月の想い出が詰まっているのです。

コンロの火を細め、ジャムを煮詰める間、テーブルに置いたノートパソコンで、父のSNSを開きます。そこには、もう何度も眺めた、父の恋人の写真が。あいかわらず仲睦まじいツーショットに、思わず頬が緩みます。

　わたしが手紙を読んで祝福のメールを送って以来、父はそれまでSNS上では公開していなかったこの交際についての情報を解禁し、堰を切ったようにお相手の画像やふたりの日常をアップしはじめたのです。まずはわたしの祝福を得てから……というけじめを、自分に課していたようです。

　先日の封筒の裏の住所は、その女性の家で、すでに一緒に住んでいるのだそうです。最初に手紙を読んだとき、実はちらっと、永住ビザを得るための偽装結婚なのでは、と思わないでもなかったのですが、どうやらそうではなく、父は、本当に、友人を介して知り合ったこの人と、たちまち熱烈な恋に落ちたのだそうです。まさかあの年齢でそんなことが……と、にわかに信じがたい思いもありましたが、こうして、寄り添いあうふたりの満面の笑みを見せられると、信ぜざるをえません。

　それに、たしかに、父が恋に落ちるのもうなずける、魅力的な女性なのでした。美しく整えられた豊かな銀髪、皺深くも凛とした面差し、その優雅な佇まいは、まるで往年の美人女優のよう。こんな素敵な外国の老婦人がわたしの身内になるなんて、なんだか心楽しく、うれしい気がします。イギリスは遠いけれど、きっとこれから、お会いする機会もありますよね。父も、一度は会って挨拶してほしいと言っていますし、わたしも、新居を訪ねて、父をよろしくと言いたいです。

まあ、たいへん、わたし、がんばって英会話を勉強しなくては……！

ついこの間まで、自分は一生海外旅行になんか行かないと信じていたのに、まさかこんなことになるなんて、世の中、何があるかわかりせんね。

天国の母も、父の再婚を、きっと祝福してくれるでしょう。考えてみれば、母が亡くなって、すでに二十年以上になるのです。時間の問題ではないかもしれませんが、おぼろげに記憶に残る野の花のようなあの母が、父の幸せを望まないはずがないと思えます。

父は、母のことも今でも愛しているのだと、わたしは信じています。日本に帰ってくるたびに母のお墓に参って母が好きだったという花やお菓子を供え、母を偲んできた父です。新しく恋をしたから、再婚をしたからといって、急に母を忘れるなんてことがあるとは思えません。父にとって、きっと、想い出の中でほほえんでいる少女のような年若い妻と、今隣にいる銀髪の老婦人は、互いに取って代わることなどありえない、まったく別の、それぞれに大切な存在なのだと思います。

……そうか。これが、反田さんがおっしゃっていた、〝カテゴリーが違う〟ということなのですね。反田さんが『そのうちわかる』と言っていたのは、本当でした。わたしにも、今、わかりました……。反田さんに今度会ったら、『わかりました』と報告したいです。

　そんな感慨にふけりながらノートパソコンをぱたりと閉じ、ふたたびジャムを混ぜながら、思い浮かぶのは反田さんのお顔です。

　このジャムを食べたら、反田さんは、喜んでくれるでしょうか。木苺をつんで食べたときの、あの子供みたいな笑顔を、見せてくれるでしょうか。

　北向きの台所はひんやりとして薄暗いけれど、真っ白なホーローの鍋の底から、お砂糖の照りを宿した小さな泡が後から後からふつふつと湧き上がってくるのを眺めていると、わたしの心の中にも、何か楽しい気持ちが静かに湧き上がって、満ちてくるのでした。

　熱いうちに瓶に詰めたジャムが冷めたら、蓋を可愛い端布でくるんで、リボンも結んで、反田さんのお家に届けましょう。

　一昨年まで、うちの木苺は、祖母とわたしと犬のものでした。そして去年の木苺は、わたしと犬だけのものでした。

　だけど今年の木苺は、わたしと犬と、それから、少しだけ反田さんのもの——。

End

司書子さんとタンテイさん

今日も司書子さんの働く御狩原市立図書館の児童室に、
反田さんが、おすすめの児童書を知りたいと言ってやってきました。

反田

司書子さん！　五歳の甥っ子に読んでやる本を、何かお勧めしてもらえませんか？

司薫子

それだったら、これなんかどうですか？
『もりのへなそうる』。なかなか抱腹絶倒のお話ですよ。

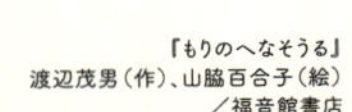
『もりのへなそうる』
渡辺茂男（作）、山脇百合子（絵）
／福音館書店

反田

なんだそりゃあ？ ヘンなタイトルだなあ！

司薫子

でしょう？（笑）　ちょっと抑揚をつけて『へなそうる～』って言うだけで笑いが止まらなくなっちゃう子もいますよ。あ、甥御さんには関係ないけど、この本、“みつやくん”って男の子が出てくるんですよ。

反田

へえ！ 知り合いと同じ名前のキャラが出てくるって、何か楽しいですね。

司蕭子

ところで、甥御さんは、名字、“反田”ですよね？

反田

そうですよ。

司蕭子

あと、反田さんの甥御さんなら、探偵ごっこがお好きだったりしません？

反田

はいはい、よく一緒に探偵ごっこしますね。虫眼鏡持って庭に出て。

司蕭子

だったら、これはどうでしょう。『たんたのたんけん』。“たんた”君っていう男の子が虫眼鏡片手にご近所を探偵して回る、愉快な童話なんです。

「たんたのたんてい」
中川 李枝子(作)、山脇 百合子(絵)
／学研プラス

反田

おお、反田と“たんた”、似てますね！　それは喜びそうだ！
ん？ これ、さっきの本と絵が同じですよね？ そういえば、なんか見たことある気が……。
あっ！ もしかして『ぐりとぐら』の人ですか？

司蕭子

そうそう。『ぐりとぐら』の絵を描いた方です。ぐりぐら一冊目は旧姓の大村になってますが。ちなみに、こっちの『たんたのたんてい』は、文もぐりぐらと同じ中川李枝子さんですが、このお二人、実の姉妹なんですよ。

反田

他に、“名前シリーズ”で、もっと何かありません？

司蕭子

“名前シリーズ”ですか（笑）。えっと、じゃあ、うちのスノーウィの名前の由来になった絵本なんてどうです？
ほら、これ。『タンタンの冒険』シリーズ。この白い犬がスノーウィなんです。

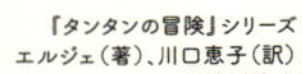

「タンタンの冒険」シリーズ
エルジェ（著）、川口恵子（訳）
／福音館書店

反田

うん、たしかにちょっと似てますね。とぼけた顔つきとか耳の感じとか。

司蕭子

この犬のモデルはフォックステリアらしいので、本当はぜんぜん違うんですけど、何か似てるでしょ？ でも、この本、コマ割りのある漫画形式だから、甥御さんに読んであげるには、ちょっと読みづらいかもしれませんね。

反田

指さして読むから大丈夫ですよ。おお、面白そうだ。

司蕭子

ただ、これ、かなり昔の作品なので、巻によっては不適切な表現があったりもするんです。そういうときは前書きで解説してありますから、噛み砕いて説明してあげるといいと思います。

他に知り合いの名前が出てくる本といえば、これに“ことりさん”が出てきますよ。

反田

ん？『人形の家』？ なんか聞いたことあるぞ？

司薫子

同じタイトルの有名な戯曲がありますが、こっちは、文字どおり人形の家、つまりドールハウスに住んでいるお人形たちのお話なんです。ただ、私は大好きだけど、甥御さんにはちょっと……かもです。

「人形の家」
ルーマー ゴッデン（著）、瀬田 貞二（訳）
／岩波書店

反田

難しいんですか？

司薫子

翻訳が、いくらなんでも古いんですよ。これも瀬田貞二さんなんですが、ナルニアよりさらに古くて、当時馴染みがなかった外来語を片端から日本語に置き換えた結果、今の子供には逆に通じない状態に……。

反田

でも、司書子さんは好きなんですね？　じゃあ、これは俺が読みますよ！

まだまだおすすめしたい児童書はたくさんあるので、よかったら児童室にも見にいらしてくださいね。

あとがき

きっかけは、ツイッターでの雑談でした。

私が自宅の庭の木苺を愛犬と分けあって食べたときの、『最近は子供たちが木苺を食べなくなったから、木苺はもっぱら私と犬のもの』という何気ない日常ツイートに、『そのフレーズ、作品のタイトルになりそう』というリプライがついたのが発端となって、〝そういうタイトルの架空の本の内容を妄想する〟という遊びがはじまったのです。

その遊びはツイッターの仲間たちを巻き込んで盛り上がり、「その話、本当に書けば？」と、ありがたくも背中を押してもらったりしたのですが、そのときは実際に書くつもりはなく、ただの空想遊びで終わるはずでした。……背中を押してくれていたフォロワーさんの一人で古い創作仲間の村崎右近様が、後にウェブ版の第一話（書籍版第一〜二章）となる〝お祖母ちゃんの髪飾り事件〟のプロットを、ぽんっと提供してくれるまでは。

この作品は、そんなふうに、才気煥発でノリの良いネットの創作仲間たちの力を借りて生まれた作品です。仲間たちの助言や励ましがなければ、私がこの作品を書くことも、そして、あのとき妄想した〝架空の本〟が、こうして本物の本になることもなかったでしょう。

第一話プロットの提供により、ただの空想で終わるはずだったこの物語を実際に書きはじめさせてくれ、書籍化にあたってもプロット使用を快く許可してくださった村崎右近様（ちなみに右近様はヒロインの名付け親でもあります）、発端となったリプライの主であり一緒に基本設定を妄想してくれた島村ゆに様、〝ジギタリス殺犬未遂事件〟の発端となるアイディアを出してくれた、ページのP様、それから、私の構想語りに付き合って一緒に遊んでくれたフォロワーさんみんなに、特別な感謝を捧げます。当時、ツイッターなどで私を構って調子に乗せてくれた人はみんな、この作品の恩人です！

最後になりますが、ネットの海の底からこの作品を拾い上げてくださったマイナビ出版様、未熟な作品をきめ細かなご指導で磨き上げてくださった編集の成田様、濱中様、素敵なイラストを描いてくださった庭春樹様、そして、この本の制作や販売に関わってくださったすべての方と、この本を手にとってくださった皆さんに、大きな感謝を。

この物語はフィクションです。
実在の人物、団体等とは一切関係がありません。

冬木洋子先生へのファンレターの宛先

〒101-0003　東京都千代田区一ツ橋2-6-3　一ツ橋ビル2F
マイナビ出版　ファン文庫編集部
「冬木洋子先生」係

司書子さんとタンテイさん

～木苺はわたしと犬のもの～

2017年11月20日　初版第1刷発行

著　者	冬木洋子
発行者	滝口直樹
編集	成田晴香（株式会社マイナビ出版）　濱中香織（株式会社イマーゴ）
発行所	株式会社マイナビ出版 〒101-0003　東京都千代田区一ツ橋二丁目6番3号　一ツ橋ビル2F TEL 0480-38-6872（注文専用ダイヤル） TEL 03-3556-2731（販売部） TEL 03-3556-2736（編集部） URL http://book.mynavi.jp/

イラスト	庭春樹
装　幀	AFTERGLOW
フォーマット	ベイブリッジ・スタジオ
校　閲	磯貝江里子
DTP	株式会社エストール
印刷・製本	図書印刷株式会社

●定価はカバーに記載してあります。●乱丁・落丁についてのお問い合わせは、
注文専用ダイヤル（0480-38-6872）、電子メール（sas@mynavi.jp）までお願いいたします。
●本書は、著作権法上、保護を受けています。本書の一部あるいは全部について、
著者、発行者の承認を受けずに無断で複写、複製、電子化することは禁じられています。
●本書によって生じたいかなる損害についても、著者ならびに株式会社マイナビ出版は責任を負いません。

©2017 Yoko Fuyuki ISBN978-4-8399-6472-6
Printed in Japan

プレゼントが当たる! マイナビBOOKS アンケート

本書のご意見・ご感想をお聞かせください。
アンケートにお答えいただいた方の中から抽選でプレゼントを差し上げます。
https://book.mynavi.jp/quest/all

Fan
ファン文庫

喫茶『猫の木』の秘密。

~猫マスターの思い出アップルパイ~

著者/植原 翠
イラスト/usi

大人気シリーズ完結編！　猫頭マスター×
恋愛不精ＯＬのほっこりした日常に癒されて。

静岡の海辺にある喫茶店『猫の木』。そこには猫のかぶり物を被ったマスターがいる。恋愛不精のOL・夏梅とのジレジレ恋がいよいよ動き出す!?　猫のかぶり物に隠された謎とは!?